ハヤカワ・ミステリ文庫

〈HM㊽-2〉

フェニモア先生、人形を診《み》る

ロビン・ハサウェイ

坂口玲子訳

h^m

早川書房

4973

THE DOCTOR MAKES A DOLLHOUSE CALL

by

Robin Hathaway

Translated by
Reiko Sakaguchi
First published 2002 in Japan by
HAYAKAWA PUBLISHING, INC.
This book is published in Japan by
arrangement with
LAURA LANGLIE, LITERARY AGENT
through TUTTLE-MORI AGENCY, INC., TOKYO.

ドールハウスが大好きなジュリーとアンに

謝辞

次の方々に感謝を捧げます。

この作品に登場する心臓医学方面の知識を、惜しみなく分け与えてくれた医学博士ロバート・アラン・カイスマン。

すばらしい編集能力と忍耐力と絶えざるユーモアの持ち主、ルース・ケイヴィン。

有能なエージェントであり、思いやりのある友人でもあるローラ・ラングリー。

ミニチュアの世界に関する蔵書と膨大な知識を提供いただいたコリン・R・ロクスビー。

心理学に関して適切な助言をいただいた医学博士ジョン・パーカー。

危機的状況のとき温かい友情で見守ってくれたマリカ・ローン。

ティーンエイジャーの心理の専門家であるステファニー・M・パタースン。

いつも助力と助言を惜しまなかったスーザン・ワインスタイン。

丹念に原稿をチェックしてくれたジュリーとアン・キースマン。

すばらしいドールハウスのコレクションを誇るニューヨーク市博物館。

フェニモア先生、人形を診《み》る

登場人物

アンドルー・フェニモア………心臓医兼私立探偵
ホレイショ…………………………フェニモアの診療所のアシスタント
ドイル夫人…………………………同診療所の看護婦兼秘書
エミリー・パンコースト………資産家の老婦人
ジュディス・パンコースト……エミリーの妹
エドガー・パンコースト………エミリーとジュディスの弟。建設会社経営
マリー………………………………エドガーの妻
トム…………………………………エドガーの息子
ミルドレッド……………………トムの妻
モリー………………………………トムの娘
トミー・ジュニア………………トムの息子
パメラ………………………………エドガーの娘
スザンヌ・ターナー……………エドガーの娘
アダム・ターナー………………スザンヌの夫。高校の物理教師
アマンダ…………………………スザンヌの娘
テッド………………………………スザンヌの息子
キャリー……………………………パンコースト家のお手伝い
フランク……………………………バーテンダー
ビーズリー夫人…………………シークレスト高齢市民協会会長
ジェニファー・ニコルスン……フェニモアの恋人
ダン・ラファティ………………殺人課刑事。フェニモアの旧友

むかしむかし、それはみごとなドールハウスがありました……

——ベアトリクス・ポター作「2ひきのわるいねずみのおはなし」より

1

十一月

「ジュディス、あれは車の音かしら？」エミリーは自分の耳に自信がなくなっている。

「きっとそうよ。ねえ、エミリー、みんなを中に通してくれない？　わたしは七面鳥の焼け具合を見るから」

エミリーとジュディスのパンコースト姉妹は、これからどやどやと押しかけてくるパンコースト一族のために、感謝祭のディナーを準備しているところだった。毎年そうしてきた。それが一族の伝統なのだ。二人は老齢――エミリーが八十二歳、ジュディスが七十九歳――とはいえ、家族のだれかに手伝いを頼もうなどとは思いもしなかった（家族のほうも申し出るなど思いもよらなかった）。

エミリーは表に面した窓から、シークレスト村へと続く道をながめた。車の姿は一台もない。勘違いだ。彼女は客間に目をもどした。百年のあいだずっとそうだったように、なにもかも整然としている。ガラス張りのマホガニーのテーブルでは、陶器の羊飼いの少女が巻貝の置物ににっこり微笑みかけている。ふっくらした椅子の背と肘掛には、まぶしいほど真っ白なレースがかけられている。そしてピアノの上の楽譜立てでは、部厚い《祝日のための歌集》が、《感謝祭の聖歌》のページを開かれるのを待ちかまえている。

われらここに集い
御神の祝福を受け……

エミリーは馴染み深い曲をハミングしながら、ホールへ降りて行った。階段を降りきったスペースに飾られたドールハウスの前に来ると、いつものように立ち止まって中をのぞいた。ミアチュアの客間はまさにあるべき状態――つまり、彼女が今しがた点検した実物の客間とまったく同じ――で、楽譜立てのちいさな歌集までそっくりそのままだった。だが、目がダイニングルームに移ったとき、彼女は息をのみ、胸がきゅっと痛むのを感じた。「ジュディス！」大声をあげた。「早く来て！」

ジュディスはエプロンで手をふきふき、台所から駆けつけた。「みんな着いたの?」「そうじゃないの」エミリーはドールハウスを指さした。「見て」

ジュディスは見た。ゆうべ、ダイニングルームの大テーブルそっくりにセットしておいたミニチュアのテーブルが、完全にめちゃくちゃになっていた。陶器や銀器はあちこちに散らばっている。きちんとちいさく巻いておいたリネンのナプキンが、床に散乱している。こんがりと焦げ色のついた七面鳥は、ひっくり返って腹を天井にむけている。そして姪のパメラに生き写しのパメラ人形が、椅子から転げ落ちてカーペットにつっぷしていた。

姉と妹はたがいに顔を見合わせた。

「いったいだれが……?」エミリーが口を開いた。

「ネズミじゃない?」ジュディスがいった。

エミリーの顔がゆるんだ。「きっとそうね」

前に一度、ネズミたちがドールハウスに侵入して、ミニチュアの料理をすっかり平らげたことがあった。かれらの好物の、塩入りのパン生地で作ってあったからだ。それ以後は、ポリマーとよばれる合成物質に変えている。ネズミを惹きつけたのは、なにかほかのものだろう。

「困ったわねえ」ジュディスが眉をひそめた。「だとすると罠しかない」

「しかけなきゃだめかしら?」エミリーが心配そうな顔をした。

二人はもう一度、当惑して顔を見合わせた。二人ともベアトリクス・ポターの「2ひきのわるいねずみのおはなし」が大好きで、罠は大嫌いだったのだ。

「エドガーにしかけてもらいましょうよ」ジュディスがきっぱりといった。

玄関のベルが鳴った。

ジュディスは大急ぎでちっぽけなダイニングルームを片づけにかかり、エミリーは玄関にむかった。

ドアの曇りガラスごしには、巨大な黄色い菊の束しか見えなかった。ドアを開けると、花の陰からエドガーが顔を突き出していった。「感謝祭おめでとう!」

エドガーは二人の弟だが、ジュディスと十五歳も年が離れている。母親が彼を生んですぐに死んだので、二人の姉は母親代わりに彼を育て、かわいがってきたのである。カレッジ時代からずっと続けてきた彼のトレードマークの蝶ネクタイは、今日にふさわしいカボチャ色。それがやや曲がっていた。二人の姉は(ジュディスも玄関までやってきていた)先をあらそってそれを直そうとした。

「二人とも、やめて」エドガーが笑った。「花を落っことしそうだよ」

「お花はわたしが持つわ」うしろに続いたマリーがいった。

エドガーがマリーと結婚したとき、シークレストはその話でもちきりになったものだ。

なにしろ名門のエドガーが、どこの馬の骨とも知れぬ貧しい画家の娘と結婚するというのだから。だが彼女の愛らしい顔立ちと陽気な人柄は、すぐにだれをも虜にした。変人で通っていた父親の船長カレブ・パンコースト四世でさえ、彼女には兜をぬいだ。

マリーを抱擁すると、二人の姉妹は弟夫婦を中に通した。

「子供たちは?」見まわしながらマリーが訊いた。エドガーとマリーには、トム、パメラ、スザンヌの三人の子供がいる。みんなすでに成人だが、母親にとっては彼らはいつまでたっても〝子供たち〟なのだ。

「まだよ」エミリーがいった。

「あなたたちが一番のり」ジュディスは二人を客間にみちびいた。

エミリーが彼らのコートとスカーフと帽子と手袋とをしまいおえたとたんに、またベルが鳴った。そのけたたましい響きはだれが聞いてもすぐわかる。(この年代物のベルを、もっと音楽的な新しいチャイムに取り替えようなどとは、姉も妹も夢にも思っていない)。

今度は、甥のトム・パンコーストとその家族だった。トムはかつてブラウン大でフルバックをつとめていたが、今日小脇にかかえているのはフットボールではなく、折りたたんだ携帯ゆりかご。さらに、育児用品でふくらんだキャンバスバッグを肩にかけている。妻のミルドレッドは赤ちゃんを抱いていた。父親似のがっちりした体つきのモリーとトミー・ジュニアは伯母様たちから短いキスを受けると、ドールハウスのほうへどたばたと廊下を駆け出していった。

「赤ちゃんを抱いててあげるから、コートをお脱ぎなさいよ」ジュディスが手をさしのべた。

「ありがとう。でも気をつけてね」ミルドレッドは赤ん坊をわたしながらいった。「重いのよ」

「バカおっしゃい。まあ、大きな坊やだこと」ジュディスは赤ん坊をあやしながらささやいた。

ミルドレッドがコートを脱ぐと、目を見張るような紫と金ラメのアンサンブルがあらわれた。ばさっと垂らした長い黒髪のかげで、大きな金の輪が二つ、キラリと光った。〝主婦〟というレッテルを貼られるのを懼れて、彼女はつねにドラマティックな装いをこらしているのだ――ブロードウェイから今出てきたといわんばかりに。

エミリーは彼らのコートをクローゼットの奥にしまいこんだ。トムは育児用品を廊下のすみに置くと、シェリーがあるはずの客間にむかった。伯母様たちが出してくれるアルコールといえば、シェリー酒だけなのだ。上の二人の子供が母親をドールハウスに呼んだ。

「ねえ、ママ――カボチャだよ」モリーが歓声をあげる。

「それに七面鳥」トミー・ジュニアが叫ぶ。

またドアのベルが鳴った。今度はターナー一家。アダムとスザンヌだ。スザンヌはいちばん若い姪。蜂蜜色の髪が、ツイードのコートの襟に無造作にかかり、黒い瞳が輝いている。

「プレゼントがあるのよ」彼女はティッシュに包んだちいさな包みをジュディスに渡した。ジュディスがそれを開くのを、二人の子供アマンダとテッドが息をころして見守っている。

「あら、まあ」ジュディスは金色のリボンで結んだ小さなインディアンコーンの房をつまみあげて叫んだ。

「すてき」とエミリーも声をあげた。

ジュディスはそれをドールハウスに持っていき、玄関扉の真鍮のノッカーのすぐ上にそっと結びつけた。

姉妹はホールにもどり、家族の後から静かに入ってきたアダムに挨拶の言葉をかけた。アダムは二人のお気に入りの義理の甥だ。地元の男子校で物理学を教えている彼は、大工仕事から配管、電気工事まで手軽にやってのける。エドガーの手があかないとき屋敷に緊急事態が起こると、助けてくれるのは彼なのである。それに彼は腕のいいヨットマンでもある。冬場はヨットをここの〝馬車置き場〟にしまっている。(姉妹はさんざん

探したあげくにおもちゃのヨットを手に入れ、それをドールハウスの馬車小屋にしまった)

「日に日にお若くなりますねえ」彼は二人に言葉をかけた。

「また、また」二人はいなしたが、コートとスカーフを受け取りながら頰を染めた。

「水漏れとか軋みの苦情は?」

「今日はないわ。今日は休日ですもの」

「あなたがたお二人以外はね」アダムは歯を見せて笑った。

「そうそう――ひとつだけ問題があるの」エミリーは声を落とし、ネズミの話をした。

「大丈夫、ぼくがなんとかしましょう」アダムはうけあって、客間へと進んだ。

またベルの音。

「パメラだわ」二人の伯母が口をそろえていった。

パメラはいつも遅れる。上の姪である彼女は心理学の博士号をもち、キャリアウーマンに徹してなにごとも仕事優先だし、彼女の時間は――一分たりとも無駄遣いできないほど――貴重なのである。二人がドアを開けると、階段のいちばん上に、軍隊仕様といってもいいほどビシッとした身なりの彼女が立っていた。

「こんにちは、伯母様」ぶっきらぼうな言葉とともに、彼女の唇がさっと二人の頰をかすった。「遅れてごめんなさい」まるで悪びれる様子もなく、そう言い足した。それからコートをエミリーに、しゃれたペイズリー柄のショールをジュディスに渡し、客間に目をやった。「一族郎党が集まってるみたいね」

「そうよ。もうみんな来てるわ」エミリーがいった。

「さあ、入ってシェリーで体を温めて」ジュディスが促した。

〝一族郎党〟の声がガヤガヤと交じり合うころには、シェリー酒入りのカットグラスのデキャンターがからになった。伯母様たちは、感謝祭にはオードゥブルは要らない、という考えの持ち主だった。「盛大なディナーの前に食欲をそこなうなんて、罪悪だもの」というのである。

三十分ほどすると、ちいさな真鍮の鐘を手にしたエミリーが客間の入口に姿を見せた。彼女が何度も鐘を鳴らすとようやく、一同はグラスを置いてダイニングルームにむかった。

2

いつものことながら、ディナーは大成功だった。一同は最高に行儀よくふるまった(それもひとえに伯母たちのためだ)。個人個人に考えの差はあれ、みんな伯母たちへの愛情は共有していた。

ジュディスは、料理を運ぶのに便利なテーブルの下座に座った。エミリーはその隣に座って、野菜の給仕にあたった。上座に陣取ったエドガーが、七面鳥を切り分けた。テーブルの片側に座ったのがターナー一家、つまり、スザンヌとアダムとアマンダとタッド。むかい側にはパンコースト一家、すなわちトム、ミルドレッド、モリー、トミー・ジュニア。両側の端っこにむかい合ったのがマリーとパメラ。赤ん坊は、安全基準の点では最新のどんなものにも劣らない、旧式な籐の子供椅子に座らされた。

ミルドレッドが延々と、自分の熱中する占星術が〝ほかの科学と同等にあつかわれるべきだ〟と演説をやりだしたときも、物理の教師であるアダムは口をつぐんでいた。彼のナイフやフォークや水入りのゴブレットを何度も並べかえる仕草だけが、いらだちの唯一のあらわれだった。トムが〝女性がきちんと家庭を守って子供たちの面倒を見れば、犯罪発生率はかならず低くなる〟と断定したときも、パメラは歯を食いしばって無言をとおした。

「今年はどっちが七面鳥を撃ったのかな?」エドガーが年老いた姉たちに冗談をしかけた。「二人はなんでも自分でやってのけるんだからね」彼はほかの面々に片目をつぶってみせた。「射撃はどっちがうまいんだろう?」

「エドガーったら」ジュディスがいった。「七面鳥はいつも肉屋のビーズリーさんから買ってることは、百も承知のくせに」

「知ってるさ。でもたまには森を駆けまわって撃ったらいいのに——メイフラワー号で最初にアメリカに渡ってきたわれらがご先祖のピルグリム・ファーザーズみたいにさ。そのほうが経済的だし——」

ころころ太ったジュディスと鉛筆みたいに細いエミリー、どっちにしてもショットガンをかかえて森を駆けまわる図は、一同を笑わせた。

「そもそもね」エミリーは笑われるのもかまわずいった、「わたしたちの先祖はピルグリムじゃない、鯨捕りよ。だから感謝祭には鯨を食べてたはずだわ。七面鳥を追いかけてうろうろするほど長く陸にはいなかったの」

「じゃあ先祖は、鳥の鎖骨《ウイッシユボーン》（食事のあとで両方から引っ張り合い、長いほうを取った者は望みがかなうといわれる）じゃなく、鯨の骨《ホエイル・ボーン》でお願いしたの、エミリーおばちゃま?」頭脳明晰なアマンダがいった。

またまた笑い。

「どうだかねえ、でもたしかなことがあるわ――ご先祖はランプに鯨の油を使ってたのよ」

「食事がすんだら鯨を見に行ける?」タッドが訊いた。彼がいうのは、シークレスト海洋博物館に陳列されている鯨の骨格のことだ。ここにはほかにも、鯨の骨から作った手工芸品や捕鯨の合間に水夫たちがした仕事、マストや帆、それに昔の難破船から引き上げられたスペイン硬貨の箱までが展示されている。今でも大嵐の後などには、シークレストの海岸でコインが見つかることがあるのだ。パンコースト家の屋根裏にも、みごとなコレクションがしまいこまれている。

「残念だけど、感謝祭の日は博物館は閉まってるのよ」エミリーがいった。

「かくれんぼしましょうよ」息子の失望をやわらげようと、スザンヌが急いで口をはさんだ。

「この野菜はみんなお庭の?」マリーが話題を変えた。

「ええ、コールスローのキャベツも、タマネギもサツマイモも、みんな自家製よ」ジュディスが自慢そうにいった。

全員が野菜の新鮮な風味に讃辞を贈った。

　こうして七面鳥とその詰め物、付け合わせの野菜、クランベリーソース、グレービーを堪能したあと、パンプキンパイへと進んだ。子供たちのために、カボチャと七面鳥をかたどったアイスクリームも出された。子供たちははやばやと食べ終わって遊びに飛び出して行ったが、大人たちはゆっくりデザートとコーヒーを楽しんだ。一同が椅子を引いて立ちかけたときだった、アマンダが駆けこんできたのは。彼女は息せき切って母親のところへ行き、耳になにごとかささやいた。

「アマンダ、ひそひそ話はお行儀がよくな——」スザンヌの言葉がとぎれた。「どこなの」さっと立ちあがると、娘の後を追って出て行った。

　一分後、アダムが立ち上がって二人に続いた。

　テーブルに残った面々は、ホールで叫びがあがるのを聞いた。

「いったいだれがこんなことを？」

「子供たちのだれかだろう」

「そんな、みんなドールハウスが大好きなのよ」

「みんなを集めよう」

　そのころには全員がホールにやってきて、ドールハウスを見つめていた。ちいさなダイニングルームがめちゃめちゃだった。椅子はひっくり返り、ナイフやフォークが散らばり、ナプキンやゴブレットが床に落ちている。そして人形がひとつ——パメラそっくりの——が皿に顔を突っ込むようにしてテーブルにつっぷしている。

「子供の仕業じゃあないわ」エミリーが静かにいった。

「じゃあ、だれ？」マリーが訊いた。

「ネズミ」ジュディスが間髪を入れず答えた。「アダムが対策をこうじてくれるんだったわよね、アダム」

「ええ」アダムはうなずいた。

「さあ、客間に行ってなにか面白いことをしよう」エドガーが先に立った。

みんなは従った。ただジュディスとエミリーだけはホールに残った。

「一日に二度も？」ジュディスが声をひそめた。

「それも同じ部屋でねえ」エミリーは首を振った。

二人の姉妹は、来客のために微笑みを顔にはりつけて客間にもどった。

ミルドレッドはジグソーパズルにとりかかっていた。創造的な芸術家マリーにはどうにも理解できない、愚かな行為である。パメラは《タイムズ》のクロスワードパズルを始めていた。彼女は、どんなクロスワードでも一時間以内にできると豪語し、人の口出しをゆるさない（彼女を辞書のない部屋に一人とじこめて、それがほんとうかどうか試してやりたい、とミルドレッドはつねづね思っている）。エドガーは威勢よく、ジェスチュアゲームをやらないかと誘いをかけている。アダムは窓辺に腰掛け、芝生で大きい子供たちが鬼ごっこするのをながめている。トムは時計に目をやり、〈シークレスト・イン〉にいっぱいやりに行くタイミングを計っている。伯母様たちが近づいていくと、スザンヌが息子のタッドの話を始めた。

「ハロウィーンの日にね、タッドがクマの扮装をして〝いたずらするぞ〟っていいに行ったら、蜂蜜をひと瓶くれた人がいるの。そうしたらあの子、お面を脱いで必死でいったのよ〝ぼくはほんとうのクマじゃないの。だからキャンディバーにして〟って」

伯母様たちは笑った。

「ジェスチュアする人は？」エドガーがしつこく誘っている。

部屋のあちこちからうなり声があがった。

「ちょっと新鮮な空気を吸ってきますよ」トムが玄関にむかった。

「ここだわ」ミルドレッドがパズルの一片をはめこんだ。

「だれか、〝獲得する《プロキュア》〟の同義語知らない？」パメラが訊いた。

「〝取る《ゲット》〟」とアダム。

「……五文字では？」

「入手する《オブテイン》、はどう？」エミリーがためらいがちに提案した。

「それだわ、伯母様、ありがとう」

エドガーがようやく何人か――二人の伯母とスザンヌと自分――集めるのに成功した。

コーヒーテーブルの上の小間物を並べかえるのに飽きたアダムが、「ネズミ捕りの罠を買ってきますよ」と席を立った。ミルドレッドは携帯電話片手に隅に引っ込んで、星占い仲間からの電話をチェックしている。赤ん坊は眠っている。そして、ジェスチュアの連中の〝すさまじい騒動〟で気を散らされたパメラは、クロスワードを持ってダイニングルームに行くことを宣言した。「あそこなら心静かに考えられるから」と。

客が帰り支度を始めたころには、ぼつぼつ暗くなりかけていた。新鮮な空気を吸いに行ったトムは、カレッジソングを歌いながら強烈にウィスキーの匂いをさせてもどってきていた。ミルドレッドは手早く赤ん坊のものをバッグに入れ、上の子供たちにコートを着るよう指図した。それを合図に、ターナー一家も子供たちの持ち物をまとめはじめた。見つからない手袋の片方を探しに、スザンヌがダイニングルームへ行った。残った人々は、きぬを裂くような彼女の悲鳴に度肝をぬかれた。

ダイニングルームはめちゃくちゃだった。椅子という椅子がひっくり返り、ゴブレットやコーヒーカップの中身がぶちまけられ、ナプキンが散乱している。そしてテーブルにつっぷし、自分のデザート皿に顔を突っ込んでいるのはパメラだった。

3

電話が鳴ったとき、医師のフェニモアはオフィスに一人だった。彼の看護婦であり、オフィスマネージャーであり、雑用係長でもあるドイル夫人は、用足しにでかけていた。彼は受話器を取った。

「あの、お忙しいところ、ごめんなさいね、先生——」

エミリー・パンコーストだった。彼女も彼女の妹も、長年にわたる彼の患者である。しかも父の代からの。

「忙しくなんかありませんよ。何でしょう、パンコーストさん?」

「お仕事中、お邪魔したくなかったんだけれど、姪のパメラのことなの。あなたもたぶんご覧に——」

最近パメラ・パンコーストの死亡記事を読んだことをおぼろげに思い出した。それとなにか関係があるのだろうか。(死亡広告欄に目を通すのはフェニモアの仕事の一部である。どちらの仕事にとっても)。

「ああ……ああ……読みましたよ。大変な惨事でしたね。まだお若いのに。ぼくが死亡診断書を――」

「いえ、いえ。それはいいんです……その件でお電話したんじゃないのよ」

「ほう？」

「お電話したのはね、あなたの、その、べつのお仕事の、ええと……あの――」彼女は口ごもった。

フェニモアは自分の二つの職業を切り離そうと努めているが、ときには分かちがたくダブってしまうことがある。「探偵業のほうですか？」彼は助け船を出した。

「ええ、そうなの」エミリーはほっと溜息をついた。「じつは、パメラが亡くなる直前にね、ドールハウスが荒らされて、パメラの人形が……」

パンコースト家の有名なドールハウスのことは、フェニモアもよく知っていた。一家全員にそっくりな人形があることも。「続けてください」彼はうながした。

「パメラの人形は倒れてたの――パメラが死んだのとそっくり同じ格好で」

お使いから帰ったドイル夫人は、雇い主が物思いにふけっているのを発見した。二度も声をかけなければ返事をしてくれないし、その返事も満足のいくものではなかった。

「え？　ああ、帰ったの」

「あたしはね、インフルエンザのワクチンをもっと注文しましょうか、って訊いたんですよ。ほとんど使いきってしまったから」

「うーむ」

「それって〝イエス〟ですか？」

「うん、そうそう。もちろん。注文して」

「どのくらい？」

「なにがどのくらい？」

「ワクチンよ」

彼は肩をすくめた。「まあ、あと一ダースかな」

ドイル夫人はメモして、タイプライターにもどった。彼はワープロを買おうと申し出ているのだが、彼女はうけつけない。新しものずきの機械なんか願い下げ、というわけだ。彼女とフェニモアがかくも波長があうのは、ひとつにはそれが理由だった。二人とも変化は大の苦手で、古いものをとっておくのが大好きなのである。ほかの医者がみんな、グループ診療をしたり保険維持機構《HMO》の一員になったりしているのに、彼は一人で開業している。そのうえいまだに往診までやっている。彼は、彼女が間に合うように仕事をこなしてくれさえしたらいいので、新しい機械を使えだの、新しいやり方を覚えろだのと、彼女に命じたことは一度もなかった。

オフィスは、スプルース・ストリートにある彼の古いタウンハウスの、一階の前半分を占めていて、二十年前に父が死んで以来何一つ変えていない。ここは、ディスカウントショップと救世軍で調達したリサイクルの家具と骨董品の寄せ集めでできている。父の一八九〇年代の顕微鏡が、いまも彼のデスクの上で釣り鐘状のガラス（これをドイル夫人がうやうやしく磨く）におおわれているし、父が尿サンプルの分析に使った遠心分離機も、窓縁にのせてある。フェニモアもときどきこれを使うのだ。「いいじゃないか、使えるものなら」というのが彼の主張だった。

「きみがいないあいだに電話をうけたよ」彼は唐突にいった。

「あら、そう？」

「エミリー・パンコーストさんから」

「心臓じゃないでしょうね」エミリーは何年か前から、ペースメーカーを入れているのである。

「いや。彼女の姪が亡くなったんだ」彼は人形のことを話して聞かせた。

「彼女の思いちがいじゃありません？　ただ倒れただけかもしれないし、子供たちのだれかが——」

「二度もあったんだそうだ。最初のときはネズミだと思ったらしい。ところがまたあった——同じ部屋で」

「〝2ひきのわるいねずみ〟みたい」ドイル夫人がいった。

「同じ部屋でだよ、ドイル」フェニモアは彼女をにらんだ。

にらまれても彼女はいっこうに気にならなかった。あまりにも気持ちが昂ぶっていたからだ。彼が彼女をにらもうというときだけ。〝ドイル〟と呼ぶのは、新しい事件にとりかかろうというときだけ。ドイル夫人は、パンコースト姉妹の姉、キッとのびた背筋と厳しい口元（これがほんのちょっとしたユーモアにも、突然大きく笑みくずれる）。たんなる気まぐれでフェニモア医師をわずらわせるような人物ではない。まちがいなく何かに——もしくは誰かに——疑惑を抱いているのだ。ドイル夫人は考えこみながら、タイプにもどった。頭にはまだ、ドールハウスのことがひっかかっていた。直接見たことはないのだが、フェニモアから何度もくわしく話を聞いている。シークレスト自慢のドールハウス。あそこで夏を過ごした者ならだれでも知っているドールハウス。それに毎年クリスマスには、姉妹は地元の人々に見てもらうために屋敷を開放している。夏に開放できないのは、あまりにも人が集まりすぎるからだった。

「ぼくの明日の予定はどうなってる、ドイル？」

彼女は空想から我にかえって、フェニモアの予定表に目をむけた。「午前中に患者さんが三人——」

「午後は？」

「一人だけ。三時にエルクトンさん」

「それを十二時に変更できるかな?」

「たぶん──」

「明日、シークレストまでひとっ走りしてこようかと思うんだ。告別式が四時なんでね」

地下室に続くドアがぱっと開いた。医師と看護婦は驚いて振り向いた。片目の下に泥汚れ、片耳にクモの巣をくっつけたヒスパニックの少年が出てきた。

「いつから掃除してないんだよ?」彼は雇い主をねめつけた。

「ええとねえ──」フェニモアは口ごもった。

ドイル夫人の視線が、少年が小脇に抱えた巻紙にとまった。「それは何なの?」と問い詰めた。彼女はホレイショに盗癖があるのではとつねに疑っている。(〝ホレイショ〟という名前は、聖人の名前がタネ切れになった母親がつけたもの。母親からは〝レイ〟と呼ばれているが、彼は〝ラット〟と呼ばれるほうが好きである)。

「ただの古ポスターだよ」彼は声を落とした。

「見せてごらん」

ホレイショがしぶしぶ巻いたものを広げると、有名な絵の複製があらわれた。二十世紀初めにもてはやされた温かみのあるセピア色に包まれて、ドラマティックな場面が描き出されている。にわか作りのベッドに横たわるちいさな男の子。部屋の隅から心配そうに子供を見つめる父親。そばのテーブルでは、母親ががっくりと頭を垂れている。子供の左には、きちんとした身なりの髭をたくわえた男が一人。彼の表情には心配というより、思慮深さが見てとれる。絵の下の題名は《医者》。

「この絵は大好きよ」ドイル夫人が溜息をもらした。「こういう人物にはもう、ぜったいにお目にかかれない」

フェニモアはこころもち鼻白んだ。

「どういう意味だよ？」とホレイショ。

「この医者は親切で人柄がよくて――お金もうけに縁がないってこと」

「金持ちなのに、親切で人柄がいいなんてこと、あるのかい？」少年は反撃した。

「そりゃ、そっちのほうがずっとむずかしい」ドイル夫人は断言してタイプライターにもどった。

「ちょっと見せてくれないか、ラット」フェニモアはポスターに手をのばした。いちばん下に目をやり、印刷された文字を読み上げた。「この絵に政治を持ちこむな」彼は皮肉な笑い声をたてた。「〝この絵に利益を持ちこむな〟のほうが適切だな」そういいながら少年に絵を返した。

「もらっていい？」

「骨董品なのよ」ドイル夫人が異議をとなえた。

「なぜほしいんだ？」フェニモアは興味をひかれた。

「いい絵だからさ。うちには絵がないんだ。母さんが喜ぶと思って」

「持っていきなさい」フェニモアは肩をすくめた。「もう死物だ」二人に、というよりは自分自身にたいして付け加えた。

この新しい戦利品の引き起こした反応にとまどいつつ、ホレイショはポスターをくるくる巻いてそっと輪ゴムをかけた。それから雇い主に顔をむけた。「地下室、いつから掃除してないんだよ？」と繰り返した。「ひでえもんだぜ」

ドイル夫人は顔をしかめた。ここに雇われて一年になるのだから、もうちょっと言葉づかいが改善されていいはずだ。

フェニモアはばつの悪そうな顔になった。

「りっぱなヤードセール、やれるよ！」少年は勢いづいた。「おれ、片づけるのてつだってやる。分け前くれるんだったら」

こんなに若いのに商売を考えるとは、とフェニモアは感心した。「そうだなあ、まあ――」

「お待ちなさい」ドイル夫人が口をはさんだ。「ここで分け前だのなんだのいうんなら、あたしは――」

「もういい！」フェニモアは両手を上げた。「ぼくには、地下室やヤードセールより重大なことがある。この件はまた話し合おう。さあ、仕事、仕事」

二人はぶつぶついいながら服従し、フェニモアは長距離電話をかけた。

「シークレスト警察をお願いします」

ドイル夫人はタイプの手をとめて、あからさまに聞き耳をたてた。

「パンコースト家の主治医のフェニモアですが。パメラ・パンコーストが亡くなったと聞いて――」

フェニモアが熱心に耳を傾けるあいだの、長い沈黙が続いた。「そう？　興味深いね。明日、そちらに寄りますよ。二時ごろ、どうです？」

受話器を置いたフェニモアの表情に、ドイル夫人は変化を読み取った。心配に曇っていた顔が期待に輝きはじめた。

4

フェニモアがヘンダスン葬儀場の入口にたどりついてみると、ダークスーツにきっちりと身をかためた若い男が、ドアの鍵穴からキーをぬくところだった。

「もうしわけございません」男はフェニモアに厳粛な笑みを見せた（葬儀学校での最終仕上げに練習したものだろう）。「パンコースト家のかたがたは、たったいまお帰りになったところでして。でも、お宅でお悔やみをうけていらっしゃいますので、よろしければどうぞ、そちらのほうへ」

フェニモアは若い男の渡してくれた式次第に目をやった。上のほうに、流麗な筆記体で

愛するパメラ・パンコーストの思い出に

とあり、下のほうにはイタリックで

故人と親しくしていただいた方々、式が終わりましたら
自宅のほうへいらしてください

とある。

「ありがとう」フェニモアはその紙片をいい加減に四つ折りにし、ビニール袋入りの注射器や錠剤の瓶や聴診器ですでにいっぱいの、上着のポケットに突っ込んだ。

ゆっくりと車にもどった。もう急いでもしかたがない。検視官を訪ねて情報をしいれてきたのだが、予定以上にそれが長引いて葬儀は終わってしまった。だが、自宅での弔問は何時間か続くはずだ。しばらくは、家族のメンバーと個人的に言葉をかわすチャンスもないだろう。パメラの死について仕入れたばかりの情報を、気のきかない大勢の弔問客に明かすなど、彼にはとてもできないことだった。

フェニモアはシークレストのメインストリートに、ゆるゆると車を走らせた。十一月の海辺のリゾート地ほど、気の滅入るものはない。店先はメイクを落とし鬘《かつら》をぬいだ女優のように、わびしく寒々しい。ショウウィンドウも、引っ越しがすんだ翌日の部屋のように、がらんとしてうら寂しい。血が通っているらしく見える唯一の店は、〈ベンのバラエティ・ストア〉とよばれる、ぱっとしないブロックの建物だ。手書きの看板には〈年中無休〉とある。ベンの店ではいちおう何でも――パンや牛乳からボルト、ナット

にいたるまで——そろっている。年間をつうじてここに住む一握りの人たちが冬を過ごせるように。前を走りすぎるとき、ぶらぶらと店の奥に引っ込むベンの姿が見えた。

この通りのつきあたりに、町を見下ろすように堂々とそびえたっているのが、パンコーストの館である。現在の当主の祖父にあたるケイレブ・パンコースト三世が建てた木造の大邸宅で、これにくらべると近隣の平均的な家々は小人の家のように見えてしまう。前に何度か訪れたとき、フェニモアはパンコースト姉妹から家系の話を聞かせてもらっていた。

初代のケイレブ・パンコーストは一七六二年にシークレストにやってきて、捕鯨の拠点を築いた男である。パンコースト家の男たちは、代々すぐれた鯨捕りだった。したがってパンコーストの女たちは、すぐれた〝忍耐者〟だった。海辺の家にはつきものの〝ウィドウズ・ウォーク（船を見つけるためにつけられた屋根の上の見張り台）〟を行きつ戻りつしながら、海の男たちが長い航海から帰るのを、今か今かと待ちわびていたのである。捕鯨産業がすたれるにつれ、パンコースト一家は漁業と造船に移った。そしてそれもあまりはやらなくなると、たんなる建造——つまり建築業に移った。最近では、サウス・ジャージーに数多く残っている古い屋敷の修復を専門にしている。

パンコースト家の玄関ドアには、今日は白いデイジーだけの簡素な花輪が飾られていた。ベルを鳴らす前に、フェニモアはまずノブを試した。すぐに回った。ホールは低い声でささやき合う人々でいっぱいだった。彼らを一瞥しながらエミリーかジュディスを捜した。ドールハウスのそばにエミリーの姿を見つけて、そちらにむかった。なかなか骨がおれる作業だった。彼女の頭のてっぺんから目をはなさずに、横ばいで人ごみを掻き分けるのだから。

エミリーもこっちを見て、ほっとした表情で近づいてきた。高齢と体力の衰えにもかかわらず、フェニモアより要領がいい。「先生――」彼女は彼の手を握った。「よくいらしてくださったわ――こんなに早く」

「すみません、告別式にまにあわなくて」彼はつぶやいた。

「まあ、先生」ジュディスが背後から近づいてきた。「わざわざご親切に。ぜひ、コーヒーかお茶を召し上がってらしてね。こっちにあるわ」彼女は人であふれたダイニングルームを指差した。それから二人とも、客の波にのって彼から離れていった。

無理にお茶のほうへ進むよりも、ドールハウス――広大なホールの中心的存在――をながめることにする。階段の上がり口のところにとくべつに作られた台に、ドールハウスは陳列されている。すでに何人かの客が、慎み深くそれをながめていた。一瞬、ここのちいさな玄関ドアにミニチュアの葬儀用の花輪――館のドアについているものとそっくりの――が飾られているのだとフェニモアは思った。(この精巧なミニチュアに関するかぎり、パンコースト姉妹のこだわりは尋常でないのだ)。だが顔を近づけてみて、それがインディアンコーンの房だとわかったときは、ちょっとほっとした。みごとにしつらえられたいくつもの部屋を点検しながら、彼はこの家の由来を思い出していた。

ある年のクリスマスに、姉妹の弟のエドガー・パンコーストが、このドールハウスで姉たちをびっくりさせたのが始まりだった。家業の建築会社の主任設計士であるとはいえ、これを完成させるには——彼の建築の才能をフルに活用しても——まる一年かかっていた。これが驚くべき建造物であることはまちがいない。二本の煙突、破風の屋根、それにほんものと同じ網戸つきの広いポーチがあり、繊細なレースのような曲線の装飾がほどこされている。エドガーは馬車置き場（現在はガレージになっているが）まで再現し、その丸天井の上には精巧な鋳物の風見までくっつけた。（彼はこれを作らせるために、鍛冶屋にビールを飲ませながら暑い午後いっぱいねばったという！）配管と電気系統は、娘婿のアダムが施工した。だが内装は姉妹の手に残された。壁紙やペンキや家具は二人の好みにまかされたのである。姉妹はこの作業に熱中した。

ミニチュアの世界にのめりこみながら、二人はドールハウスに関するありとあらゆる書物を読み漁った。二つの世界大戦のあいまに、かの有名なクイーン・メアリのドールハウスも訪れ、深い感銘をうけていた。（心ひそかにエミリーは、自分が女王メアリにやや似ているとさえ思った）。二人がとくに感心したのは、歯ブラシだった。ガイドブックには、ブラシの毛は〝山羊の耳の内側の、もっとも細い毛がもちいられている〟、とあった。二人が自分たちのミニチュアの内装を続け、いよいよバスルームの小物という段になったとき、ジュディスは歯ブラシの毛をなにで作ろうかといい出したのだった。「シークレストには山羊はいないんだから、その考えは捨てなさいよ」エミリーが説得した。そして代わりに、隣の猫の尻尾から切り取った毛ですませることにしたのである。

姉妹はどうにかこうにか、ほんものの館の家具とそっくりなものを調達した。ポーチの藤椅子やテーブル、応接間（いまだにこう呼んでいる）のマホガニー、ダイニングルームのオーク、予備の寝室のサトウカエデ。ピンク色の陶器のティーセットは、家族の一人が〈ヴィクトリア・アンド・アルバート博物館〉を訪れたときに、ギフトショップで買ったもの。クリスタルのシャンデリアは、姪がサザビーのオークションで手に入れたものだった。

この事業には家族全員が夢中になり、買うなり作るなりしてみんななにかしらに貢献している。ジュディス人形が手にしているちいさな愛の詩集は、ジュディスが書いたもの。ほんもののダイニングルームにかけてあるのとそっくりな、切手ほどの大きさの海の風景画は、エミリーが描いたもの。火事のときの用心に〝ウィドウズ・ウォーク〟の四隅に置かれた砂入りバケツ――先祖たちの日記からこんな習慣があったことを知った――は、二人の協力のたまもの。医師フェニモアでさえ、貢献している。カットグラスのデキャンターに上等のシェリー酒を注入するときに注射器を用立てたのは彼だし、豆つぶのような蓋をとるのに止血鉗子を貸したのも彼だ。鉗子は鋏のような格好をしているが、肝腎なのは刃がついていないのでピンセットの役割を果たしてくれること。姉妹には関節炎の気味があって手先がきかないので、これがあると細かいものも簡単にあつかえた。

内装が完成すると――壁の絵の最後の一枚から台所の最後のポットにいたるまで――姉妹はなんとなく落ち着かなくなった。まだ何かあるはずよ……エミリーがアンティークドールの本を読んでいたある晩、そんな話になった。突然彼女が顔をあげてこういった。「人形はどう、ジュディス?」

「すごい、エミリー、あなたって天才だわ」ジュディスはこの考えに飛びついた。「さっそく今夜から始めよう。家族を一人一人全部作るの」

「あたしにもやらせてくれなくちゃ。思いついたのはあたしなんだから」

「もちろんよ」ジュディスは裁縫室に行ってかき集めた。布地、詰め綿、針、糸、鋏、塗料――ミニチュア人形を装わせるのに必要なすべてのものを。

人形ができあがると、二人の姉妹はそれらにすっかり夢中になった。甥のトムが、夏をここで過ごす――シークレスト・インのバーに入り浸りで――とき、車をここの馬車小屋に駐車させる。と、伯母様たちはダイムストアに飛んで行って、プラスティックのおもちゃの車――トムのと同じ真っ赤なの――を買ってきて、それにトム人形を乗せた。

彼が滞在する間じゅう、夜には車をドールハウスの馬車小屋に入れた。また、パメラが博士号をもらったときには、ほんものとそっくりなブルーのビロードのフードつきガウンとキャップを、人形にも着せた。ミルドレットの目には、伯母様たちのやりすぎと映った。彼女はトムと結婚したとき、自分とそっくりの人形が作られるのをいやがった。彼女は日記にこう記している。『伯母様たちをがっかりさせたくはないが、自分そっくりの人形がそのへんにいるなんていや。なんだかぞっとする。だれかがわたしを嫌いになって、ピンを突き刺してやろうと思ったらどうするの？』だが、一家の伝統に反対なのは、彼女ひとりだった。

しだいに客（葬儀への出席者をこう呼んでさしつかえなければ）が暇《いとま》を告げはじめたので、フェニモアはダイニングルームへ入ることができた。まもなく、残っているのは彼とパンコースト一家のメンバー——成人の、だが——だけになった。十二歳以下の子供たちは、死という現実にさらして動揺させてはいけないとの配慮から、除外された。もっとも彼らは、日々テレビで暴力的な死のシーンをしっかりと投与されているのだが。

フェニモアはコーヒーと椅子を見つけた。腰を落ち着けたあとは、コーヒーを飲みながら椅子の背にもたれ、全員をここに集めることになった事件について、だれかが口を切るのを待った。

5

この問題を最初に切り出したのは、パメラの母親マリーだった。「パメラは若かったから、埋葬方法を遺言で指示してたわけじゃないの。でも一度、あの娘がいうのを聞いたことがあるのよ、火葬にして灰を〝四方の風に撒いてほしい〟って」火葬はすんでいたが、マントルの上のちいさな木箱の中身は、そのまま撒かれるのを待っていた。どのようにして実行するか、いくつか提案はなされたものの、方法は未定だった。

物理の教師であるアダムは、灰を四等分にしておき、毎日風むきを調べて、東西南北それぞれの風が吹いた日にその四分の一を撒けばいい、と提案していた。トムの提案はあまり科学的とはいえない計画だった。ハリケーンのシーズンまで待って一度に灰を撒く。きっと風があらゆる方向に運んでくれるにちがいない——そのほうが面倒もないだろう、というのだ。

フェニモアはどちらの案にも感心したが、後者のほうがいさぎよいという気がした。

「来てくださって、ほんとうにありがとう……」マリーがフェニモアにつぶやいた。

「とても忙しいかたですものね……」ジュディスがいった。

「それに遠路はるばると……」エミリーが補足した。

どうみてもエミリーは、彼に電話したことを家族に知らせていないらしい。それにフェニモアも、シークレストまで駆けつけてきたのっぴきならぬ理由を、エミリーに話していなかった。

「とんでもありません」フェニモアはきっぱりといい、もうちょっとで「どんなことがあったって、こんなチャンスは見逃しませんよ」と続けるところだった。危うく思いとどまった。ひどい話だが、告別式はパーティそっくりだ、と思ってしまう。だが同席者たちの表情をながめて（彼が到着したときにくらべると、みんな驚くほど血色と生気をとりもどしていた）、考え直した。雰囲気がパーティっぽくなるのは、きっといいことなのだ。アイリッシュ・カトリックの考え方——通夜にはたっぷりウィスキーを出す——は正しい。今もアルコールがあれば助かるのだが。しかし残念ながら、パーンコースト家は長老《プレスビタリアン》派である。

「シェリーはいかが、先生？」ジュディスが彼の内心を読んだらしい。

スコッチのほうがよかったが、シェリーで我慢することにした。

みんなに飲食物がいきわたり、二人の伯母様が紅茶のカップ、マリーとフェニモアが雀の涙ほどのシェリーを手にしたとき、フェニモアは慎重に口を開いた。「発見されたのはいつだったんでしょう、その……つまり……遺体がですが？」

マリーは動揺して顔をそむけた。ジュディスとエミリーはちらっと視線を合わせ、だれかが答えてくれるのを待った。ようやくジュディスが話しだした。「ジェスチャーゲームが終わったときだったわ。暗くなりかけたころよ。五時ごろじゃないかしら」

フェニモアがとっさの事情聴取を始めるうちに、ほかのメンバーも近づいてきた。携帯電話を手に隅っこに座りこんでいたミルドレッドまでが、電話を置いて仲間に加わった。

「で、彼女を発見してから、どうしました？」

「エドガーが人工呼吸をしようとして……ああ……」エミリーは続けることができなかった。

「それからあたしが救急車を呼んだの」ジュディスが続けた。

「すぐ来たわね」ミルドレッドが口をはさんだ。

「ええ、とても速かった」スザンヌがうなずいた。

「おそらく」とアダム。「〝呼吸の閉塞〟が第一の死因であると思いますね」

「彼女は窒息死した、と彼はいってるんだ」トムがシェリー酒のデキャンターから注ぎながら割って入った。（彼はどこからか大きなタンブラーを持ち出していた。）

「屋敷にはご家族以外にだれかいましたか？」フェニモアは訊いた。

「いいえ」ジュディスの返事ははっきりしていた。

「キャリーがいたでしょ」エミリーが訂正した。

「そうね。でも最後にちょっと顔をだしただけよ」

「キャリーというのは？」

「村の女の子。パーティの後片づけに、ときどき来てもらうの」ジュディスが説明した。

「彼女のうちは大家族なので、小遣い稼ぎによろこんで来てくれるのよ」

「キャリーは食事の準備は手伝ったんですか？」

「いいえ。全部あたし一人でやりましたよ」ジュディスは誇らしさを隠しきれなかった。

「ジャガイモとタマネギの皮を剝いたのはわたしよ」エミリーがおだやかに思い出させた。

「じつをいうと」とジュディスは続けた、「キャリーはすぐに帰らせたの……救急車の人が帰ると同時に。だから食事の後片づけは、エミリーとあたしが翌日やったわ」

「食事が終わっていたのなら、なぜパメラはダイニングルームに——一人で？」フェニモアは突っ込んだ。

「〝心静かに〟クロスワードパズルをやりたかったからよ」スザンヌが説明した。

ジュディスがちょっとばつの悪そうな顔になった。「つまりね、先生、あたしたち、ジャスチャーとなるとかなり騒々しくなるの」

「パメラはつねに頭を鍛えてたんだよ」エドガーがすばやく娘の弁護にあたった。「バカ騒ぎする暇はなかったんだ」

「彼女が亡くなる前に何かありませんでしたか、ドールハウスが二度荒らされていたほかに？」

「二度荒らされた？」エドガーが鸚鵡返しにいった。

姉妹は困った顔をした。

「そうなの」みんなの不審そうな視線に、ついにジュディスが答えた。「あなたたちの来る前にも一度、ドールハウスのダイニングルームがメチャクチャになっていてね」

「ネズミのせいだと思ったんだけれど」エミリーがぼそぼそつぶやいた。

「これじゃ、拷問だよ、先生」シェリーで威勢よくなったトムが、息詰まる沈黙をやぶった。

（フェニモアの副業のことは、エミリーとジュディスしか知らないのだ。）

フェニモアは咳払いした。「ぼくは正体を偽ってここにお邪魔しているようです」たいして悪びれた様子もなかった。「じつは昨日検視官から、パメラの解剖結果は最初に考えられた死因と一致しない、と聞きましてね」

全員の注意が彼に貼りついた。

「当局は、彼女は毒殺されたと確信しています」

「やっぱりね！」ミルドレッドが叫んだ。「今日、冥王星が十二宮に入ったの、これは災難を意味するのよ！」この発言を裏打ちするように、耳障りな玄関のベルが響き渡った。

ジュディスが立ちあがりかけたが、フェニモアは彼女の腕に手をかけて制した。「ぼくが出ます」彼は穏やかにいった。「きっと警官でしょう」

6

警官が事情聴取を終え、型どおりに〝事件が解決するまで、だれも町を離れないでください〟との警告を残して立ち去ると、フェニモアは家族の平静をとりもどしにかかった。

「娘を失っただけでは足りなくて、警察にまで指図されなきゃならんのか」エドガーがいきまいた。

「やめて、あなた」マリーが彼の手を握りしめた。

「たんなる手続きですから」フェニモアはなだめた。「真犯人が見つかるまでの」

「ぞっとするわ」エミリーがいった。「ねえ、これはただの食中毒かもしれないわよ」

「あたしは新鮮なもの以外、何一つ出していませんよ、エミリー」ジュディスが姉にくってかかった。

「あら。そんなつもりじゃあ――」エミリーは言葉をのみこんだ。

「どんな毒物が使われたか、警察は特定したんですか」アダムが訊いた。

フェニモアはうなずいた。「でも、ぼくが口外するわけには——」

「なんだ、きみは——今度のことにいったい何の関係があるんだ」トムが詰め寄った。

「私立探偵とかなんとか、いうつもりじゃないだろうな」

フェニモアは咳払いした。「ぼくはご一家の友人でもあり、犯罪捜査にいささか経験もあり、警察の手続にも通じています。みなさんのお役に立てるかと思ったが、もしみなさんが……」

「お願いよ、先生」仰天してジュディスが声をあげた。「帰らないで」

「そうよ。みんなとても感謝しているの」エミリーは射すくめるような視線をトムに投げた。

ほかの面々は同意のしるしにうなずいた。トムはむっとした顔で部屋を出て行った。

「学者仲間で、妬みから彼女を殺したがるやつがいたのかもしれないな」アダムがいった。自分も学問の世界に身を置く立場上、この種の感情の激しさはよく知っているのだ。

「つまり、スプーンに青酸カリを入れたどこやらの教授が裏口から入ってきて、たまたまパメラのいたダイニングルームへ行き、〝さあさあ、これをおあがり〟と彼女に飲ませ、同じように出て行ったわけ?」ミルドレッドの声にはヒステリーの兆しがあった。

「ドールハウスのことはどうなの?」マリーが指摘した。「あれを荒らすなんてことは、家族しか思いつかないわ」

互いの視線を避けながら、一同は黙ってその言葉をかみしめた。

「だれか飲まないか？」トムがブランデーの瓶を持って戸口に立っていた。

「まあ、トム、薬戸棚に手を突っ込んだのね！」ジュディスが叫んだ。

「今夜はみんな少々薬が必要だろう」トムはさっきまでシェリー酒が入っていたタンブラーに、どぼどぼとブランデーを注いだ。

「トム、わたし帰りたい」ミルドレッドが懇願した。「ベビーシッターに約束した時間をとっくに過ぎているもの」

「これだからね、うちの奥さんは。人殺しの嫌疑がかかっているというのに、ベビーシッターの心配だ！」彼は苦労して手に入れた戦利品をあきらめる気はないらしい。

「みんな引き上げようじゃありませんか」フェニモアは急いでいった。「伯母様たちにも休んでいただかないと」一瞬、探偵の彼は医者の自分に場をゆずっていた。二人の高齢者の疲れきった様子に気づいていたのだ。

一同は伯母様たちを見て、同じ結論に達した。スザンヌとアダムはコート置き場へむかった。ほかの者も後に続いた。トムまでが、タンブラーを飲み干すと妻からコートを受け取った。

フェニモアが最後になった。「キャリーの住所を教えていただけませんか。ちょっと寄って彼女に声をかけたいんです」

ジュディスが住所を教え、行き方を説明した。

「ご異存なければ、非公式に少し調べてみたいんですが」

「ええ、先生、ありがとう」エミリーがいった。

「そこまでお願いできるなんて……」ジュディスの声には感謝があふれていた。とくべつな友人の事件だからこそ引き受けてくれたのが、彼女にはわかっていた。

「またご連絡します」フェニモアは口笛を吹きながらキャリーを捜しに歩き出した。とたんに事件の深刻さを思い出し、口笛はやめた。だが人に聞こえないところまで来ると、さっきより勢いよくまた吹きはじめた。

7

キャリーの家は、裏町の酒場のうしろに身をひそめるように立っている、ちいさなコテージだという。フェニモアは歩いて行くことにした。歩くほうが考えもまとまる。ジュディスによれば、キャリーは十六歳で、六人兄弟の長女。母親がアルコール依存症なので、妹や弟の母親代わりをつとめているらしい。父親は何年も前に家族を捨てて出て行ったままだ。

その家は、だれかが冬むきに手直ししようとして失敗した夏のバンガローだった。窓には汚れたビニールシートが貼りつけてあり、窓と窓枠のあいだからはピンクの断熱材がはみだしていた。玄関のドアには手書きのメモが貼ってあった。〈ベルは鳴りません。大きくノックしてください〉フェニモアがノックすると、十代の少女がドアを開けた。亜麻色の髪の子供が二人、彼女の脚にまとわりついていて、キャベツと猫の匂いが鼻をついた。

「キャリーだね？」

彼女はうなずいた。

疲れた顔をして、年齢より老けて見える。フェニモアはいきなり訪ねたことを後悔した。取り繕おうと慌てた。「こんなふうに急に押しかけて、悪かったね。ぼくはフェニモアといって、パンコースト一家と親しくしている医者なんだ。きみが感謝祭の日にあそこで手伝いをしていたと聞いたものだから。あの不幸な……その……事故があったときに」

「そうよ。後片づけに行ったの」サイズのちがう亜麻色の頭があと二つ、姉のうしろからのぞいてフクロウのような目でフェニモアを見つめた。

「ちょっと話をしてもいいかな？」

「いいよ」彼女は体をゆすって子供たちを振り払った。「お行き、さあ」

子供たちは木の葉のように四隅に散ったが、部屋の中にとどまった。彼女は彼を冷えきった暖炉の前の古ぼけたソファに導いた。暖炉の中には錆びた薪乗せ台が一対置かれているが、薪の姿はどこにもない。彼女は木の揺り椅子からぐにゃりとした灰色の猫を無造作に払いのけた。椅子は過酷な使用に耐えてきたものらしく――片腕はなくなっているし、茶色のペンキは剝げ落ちていた。べつの部屋で、テレビがものうげにソープオペラをながしていた。

「パメラさんの死に方、なんかおかしくない？」キャリーは揺り椅子に座った。「窒息というけど、ちがうんでしょ？」

現代の電気通信技術も村の口コミには太刀打ちできない、とフェニモアは判断した。

「じつはそうなんだ」

彼女はそれ以上の情報が聞けるかと待ち構えたが、なにも出てこなかった。

「きみがパンコースト家に着いたのは何時？」

彼女は眉を寄せた。「暗くなりかけたころ。たぶん五時ごろだね。いちばん早くてその時間、ってジュディスさんにいっといたの。子供たちに食べさせなきゃならないじゃない」

「そうだよね。着いてすぐ、きみはなにをした？」

「えーと、裏口から入った――いつもあそこは開けっぱなしだから。台所はめちゃくちゃ散らかってた。そこらじゅう鍋とかフライパンとかでね。ジュディスさんは料理の名人だけど、だらしがなくて！」彼女は眉を吊り上げた。「それから、テーブルが片づいてるかどうか見に、ダイニングルームに行った。もちろん、片づいてなかった。デザート皿が置きっぱなし。でも、いつもよりずっとひどかったわ。椅子はひっくり返ってるし、お皿は床に散らばってるし。いったいどういうパーティなの、って思ったのを憶えてる！」

フェニモアは待った。

「それから気がついた——パメラさんの頭がテーブルにのってるのにね。最初、眠ってるか気絶してるんだ、と思った。祭日にはよく飲みすぎる人がいるじゃない」彼女は訳知り顔にいった。

フェニモアは、そうそうとばかりうなずいた。「それからどうしたの？」

「揺り起こそうか、どうしようか迷った。彼女、ふだんでもちょっと変わってるから——」彼女は死者のことをしゃべっているのに気づき、手で口を押さえた。

フェニモアは笑顔でうながした。「続けて」

「起こしたりしたら喉を掻っ切られちゃうと思って、まわりのお皿をそっと片づけて台所にもどった」

「それから？」

「一分もたたないうちに、悲鳴が聞えた。それからはもう、大騒ぎよ。台所のドアの上のほうにちいさな窓があるの。そこからのぞいたら、エドガーさんが娘のパメラさんを揺すぶってるのが見えた。それから床におろして、口うつしに人工呼吸。ジュディスさんが台所に飛びこんできたんで、あたしは突き飛ばされそうになった。彼女は食料庫の電話で救急車を呼ぼうとしたの」

「きみはそれからどうした？」

彼女は肩をすくめた。「台所の片づけを始めたわよ」

「そんな大騒ぎの中で？」

「うん。だって、大騒ぎには慣れっこだもん」彼女は部屋中の亜麻色の頭に顔をむけた。

彼女がしゃべっているあいだに、二つは彼女の膝や肩に這い上がっていた。一つは椅子の背にぶらさがっていた。もう一つは足元にうずくまって彼女の膝に顔を乗せていた。それを反射的になでながら、彼女は話をしていたのだ。「この子達が木から落っこちたのボタンを呑みこんだのって、週に一回は救急車呼んでるもん」キャリーが笑うとやつれきった表情が消え、彼女がどんなに若いかをフェニモアに思い出させた。

「なるほどね」彼もほほえんだ。「たしかにきみは手いっぱいだね」部屋の中を見まわした。「時間をとらせて、ほんとうにすまなかった」彼は立ちあがった。「お茶はいかが？」

「へいきよ」膝から弟の頭をやさしくどけると、彼女も立ちあがった。

「いや。フィラデルフィアにもどらなきゃならないんだ」おくればせながら、礼儀作法を思い出したのだ。

キャリーの顔つきを見ていると、火星にでももどるような気がした。

彼は彼女の手を握った。「とても参考になったよ」ドアから出ようとして、振り向いた。「きみが台所にいるあいだ、ほかに入ってきたものはいなかった？」

「ええ。ジュディスさんだけ——帰っていいわ、っていいに来たのよ。まだ半分しか片づいてなかったのに。そして次の日、ここへお金を払いに来てくれた。あたしはそれじゃ悪いっていったんだけど、全額」

彼はかさねて礼をいい、さっきのように二人の子供にぶらさがられたキャリーを戸口に残して去った。まったく、子供たちの母親はどこなんだ？　年端もゆかぬ少女に全部責任を負わせるなんて、まちがってる。彼女は勉強するべきだ。あるいは友達と――楽しむべきだ。怒りのあまり、フェニモアは自分の行き先を忘れるところだった。そのとき蛍光灯の看板が目についた。〈シークレスト・イン〉キャリーと話しているあいだにすっかり暗くなっていた。冷えてきてもいた。十一月の海風は生半可ではない。体にしっかりとコートをかき合せて、彼は光り輝く看板をめざした。

8

バーはこみあってはいなかった。だがシーズンオフの夜にしては、予想以上に客が入っていた。店内装飾は題して〝摸造海岸〟。派手なヨットの複製と、魚網やエビ捕り壺などが交互に壁を飾っている。カウンターのうしろには大きな舵輪がかかっている。可能なかぎりの平面――ナプキンやグラスの底や灰皿やコースター――には錨の模様がついている。バーテンダーがえらく粋に傾けてかぶっている船長帽は、かつては白かったのだろう、と推測される。スコッチを注文した。

バーの奥のほうで、地元の数人のグループがひそひそとなにごとか話し合っていた。フェニモアにはほとんど聞き取れなかったが、ときおり声が高くなると〝パンコースト〟という名前が耳に届いた。独立戦争以前に一家がシークレスト村を作ったことは、彼も知っている。ここには〝パンコースト通り〟もあれば〝パンコースト図書館〟もある。パンコースト家のどんな事件――誕生から結婚、死にいたるまで――も、村人たちの重大な関心事なのである。このグループがキャリーと同じ情報源にアクセスしたとすれば、彼らがなにを話し合っているかは疑う余地がない。

体がだんだん温まってきた。フェニモアはコートを脱いでたたみ、隣りのスツールに置いた。

「ケイレブ・パンコーストじいさんを憶えてるか？」バーのむこうから声が聞えてくる。「あれぞ海の男よ」声は、フェニモアには断片的にしか聞きとれない海の物語をかたりつづけた。

「時速八十マイルの風でよ……」

「帆が裂けて……」

「舵はぶっこわれ……」

男たちはときたま警戒の視線をこっちに投げては声を低めた。ちいさな町では、見知らぬ人間はつねに容疑者にされる。

フェニモアはバーのうしろの鏡にうつる自分の顔を見つめた（こんなことはめったにやらない。顔は自分の長所にはいっていないと思うから）。もう一杯スコッチを注文。バーテンダーがグラスを置いたとき、フェニモアは訊いた。「パンコーストの人たちはここへ来るのかい？」

バーテンダーは帽子をちょっと押し上げてにやりとした。「来るとも、先生《ドク》。ジュディスさんもエミリーさんも、毎日午後になるとウキウキしながら、いっぱいひっかけにやってきなさるよ」

彼が自分のことを医者と知っていても、フェニモアは驚かなかった。これも村の口コミのすごさだ。笑っていった。「ぼくが訊きたいのは、次の世代のことさ」

「来るのはトムだけだね。あれは大酒のみだ」

フェニモアにも異論はなかった。

「だけど、彼を責めるわけにもいかんなあ——ああいう女房がいたんじゃあ。その日の天宮図とやらを見ないことには、一歩も動かない。一日二十四時間、携帯電話で星占い仲間と連絡しあってる。ふつうの女が美容院に使う金額を、みんな占い師に払うらしいからな」彼はふきんでカウンターを拭いた。「完全にいかれてるよ。あれがおれのかみさんだったら、おれも飲むだろうよ。じつはトムは感謝祭の日もここに来てたよ」

「感謝祭にも店を開けてたのか」

「そうよ。料理したくねえ——とか、料理の仕方を忘れちまった、っていう自堕落女のために、食堂は開けとかにゃ。もちろん、店は開けてたさ」

「おーい、フランク！」バーのむこうでだれかが注文の合図をした。

フェニモアはたっぷりとチップを置いて帰りかけた。冷たい風にさっとひと吹きされて、コートを忘れたのを思い出しむきを変えた。バーにもどると、しわがれ声の笑いがわいていた。彼の姿に気づいたとたん、はたと笑いはやんだ。

「おい、ちょっと!」いちばん声の大きな男が彼ににじり寄ってきた。背はさほど高くないが、がっちりしている。フェニモアと顔をつきあわせると、男はいった。「パンコースト一家の友達か?」

フェニモアはうなずいた。

男は仲間と目配せしあってから、彼にむき直った。「ちっとばかり、役に立っちゃくれないか」男はさらに顔をちかづけてくる。

フェニモアは身構えた。酒場のケンカは願い下げだった。「やってやれないわけじゃないけど、彼にはもっと重大な仕事がある。

「おれたち、賭けをやっててな。パンコーストの娘が死んだのは、自然死だと思うやつもいる。思わないやつもいる。あんたの意見はどうなんだ?」

「どうしてぼくに意見があると思うんだ?」

男が目を細めた。「今夜、パンコーストの屋敷におまわりがうようよしてた。あれはふつうじゃない」彼があまりに顔をくっつけたので、息にビールとピーナッツの匂いがした。「あんた、あそこにいたんだろうが?」

まるでパメラの死に責任があると責められているようだった。だがフェニモアは理解した。この男は、ほとんどの村人同様に、パンコースト家を誇りに思っているのだ。もしなにかあやしげなことが行なわれているのなら、家族の一員よりは――あるいは町の一員よりは——部外者を責めたいだろう。

フェニモアはためらった。だが、真実はそう長く隠しとおせるものではない。それも、たった三百人足らずの村では。明日にはどの新聞にも載るだろう。彼はまっすぐに男の目を見ていった。「彼女は毒殺された可能性がある」

男の好戦的態度は消えうせた。急に下げられた帆のようにだらりとなった。

仲間たちにもフェニモアの言葉は聞こえていた。「ほら、見ろ、ルイ」中の一人が叫んだ。「五ドル貸しだからな」

フェニモアはスツールからコートを取って、賭けの分配をする彼らを後にした。

みぞれまじりの雨が降りはじめていた。通りはすべりやすく、人気はなかった。フェニモアは車で来なかったことを後悔した。とぼとぼ歩きながら、ここの夏場の情景を思い出した——あふれるばかりの観光客がアイスクリームコーンを片手に店をひやかして歩き、日焼けどめローションの匂いを発散させる……。彼は足を速めた。

パンコーストの館は暗く、二階の窓に一つ灯りがついているだけだった。たぶんバスルームだろう。ブラインドが下りている。よかった、彼の助言にしたがって老姉妹ははやばやとベッドに入ったのだ。フェニモアが見守っていると、くっきりした影が黄色いブラインドを横切った。さっと通りすぎたのだが、その影がジュディスのではないことはわかった——彼女なら髪の毛がふわふわカールしている。それにエミリーでもない——彼女の髪はうなじにきっちり丸めてある。シルエットはつるりとしていた——卵のように。もしくは禿げた男のように。フェニモアは車に乗るのをためらった。姉妹を起こして、バスルームを使ったのがだれかを訊ねるべきだろうか？　たぶん簡単に説明がつくことだ。エドガーかトム？（父子とも禿げている）フェニモアが出てから、二人のうちのどちらかがもどってきて、泊まることにしたのだろう。もう一度窓を見ると、電気は消えていた。館はすっかり暗く、静まりかえっていた。雨までやんでいた。フェニモアはイグニションに点火し、フィラデルフィアへの長い帰路についた。

9

「あんまりじゃありませんか！」

看護婦の声に義憤の響きを聞きつけ、フェニモアはとっさに身構えた。「何があんまりだって？」

「あのお気の毒な、無防備なかよわい老姉妹ですよ。あそこにはお二人を守る警官もろくにいないのよ。お二人は教会へ行くにもマーケットに行くにも、立ってバスを待たなきゃならないのよ――通り魔に襲ってくださいというようなもんでしょ。〝バン！〟どっかの悪いやつが背後からバットで二人の頭を一撃し、財布をつかんで逃走する。ああ、考えただけで気分悪い。それにこんなことしゃべっててもらちはあかない。これはなんとかしなくちゃ！」

「なにを考えてるんだ？」フェニモアは用心深く訊いた。

「カラテよ」ドイル夫人は何年も前に海軍に配属されたときに、武道をマスターしたのだ。

「かよわい老姉妹に?」

「そうよ。二人にシャキッとしてもらわなくちゃあ。技を教えるの。きっとすぐ上達するわ。訓練してないだけで、根性はすごいもの。あたし、計画たてたんですよ。週に三回、夜に二十五人ほど集めてカラテを教えるの。そのクラスのトレーニングが終わったら、彼らがそれぞれにクラスを開いてべつのグループに教える。わかるでしょ——ネズミ算式ってやつ。すぐにネットワークができて——街中に広がるわ。もう、組織の名前まで考えてあるのよ。〝紅傘隊《レッド・アンブレラ・ブリゲイド》〟または、略してRUB」

「傘?」あまりのバカバカしさに、消えかけた興味が再燃した。「傘で身を守ろうっていうのかい——銃やナイフや野球のバットに対して?」

「もちろん、ちがいますよ。傘はたんなるシンボル。クラスの卒業生は、卒業証書と同時に真っ赤な傘を授与されるの。そして外出するときはかならず——雨の日も晴れの日も——その傘を持ち歩くの。RUBの評判が高まるにつれて、悪者はあたしの卒業生——あるいは真っ赤な傘を持った女性——に近づくとヤバい、と思うようになる」

「〝赤い武功章(南北戦争時代の武功の印)〟みたいな?」フェニモアはちょっぴり感心した。「どこでクラスを開くんだい」ドイル夫人のアパートメントが広くないことはわかっている。

「先生がシークレストに行ってらしたあいだに、ここの地下室に降りてみたんですよ、ヤードセールの準備にね。すっかり片づけたら、ずいぶん広々するじゃありませんか、先生。使わずにあけておくなんて、もったいないですよ。二十五人くらいのクラスには、うってつけだと思うわ」

「ドイルさん！」

「なんでしょう、先生？」

「ぼくの地下室を、八十代の人たちのためのカラテ道場にするつもりですか」

「まあ……ね」

「ダメ」

「ダメ？」

フェニモアは郵便物にもどった。

ドイル夫人は彼の鼻先にピンクの伝言メモを差し出した。

ダンウッディ夫人に電話されたし（２３５－０５３９）

（バス停留所でひったくりにあう。午前九時）

「これはいつ来た？」

「ついさっき」

「なぜすぐいわなかった？」彼は電話に手をのばした。

「緊急事態ではないからです。たんなる打撲と擦り傷だけですからね」厭味ないいかただった。

彼はダンウッディ家の番号をダイアルした。

「不幸な事故に遭われたと聞きましたが――」

「ずいぶん婉曲的な表現ですこと」看護婦がせせら笑った。

「ご気分は?」間。「すぐうかがいます。ぼくが行くまで、ベッドを離れちゃいけませんよ」電話を切るとブリーフケースに用具を入れはじめた。(大事にしていた往診カバンは何年か前にあきらめざるをえなくなった。歴然としすぎてドラッグを狙われるから。)

「あの……ここの地下室のことですけど、先生?――」ドイル夫人は、フェニモアが捜していた聴診器を渡した。

彼はそれをあふれそうなブリーフケースに押しこんだ。ジッパーを閉めながらいった。

「きみとホレイショで地下室を空っぽにできれば、御婦人たちを歓迎しよう。夜中にお集まりいただけるものかどうか、拝見しようじゃないか」そう一言つけくわえた。

10

十二月

医師フェニモアはつねに、当面の作業に没頭する。ダンウッディ夫人の切り傷と打撲を治療しているあいだは、パンコースト一家のことを忘れていた。だが患者に最善をつくして満足すると、ふたたびパンコーストのことを考え始めた。

二人――キャリーとバーテンのフランク――から聞いた話は、彼の捜査にたいして役立たなかった。だがわかったこともいくつかある。そのひとつ――パンコースト家の台所につうじる裏口は、開けっぱなしだったこと。したがって感謝祭の日に、玄関から出て行き、だれにも見られずにまた裏口から入ることは、だれにでもできた。ふたつ――ミルドレッド・パンコーストの占星術マニアがときには家族間の摩擦の原因になっていたこと。

フェニモアが診療所に帰ると、今日の郵便物がデスクにのっていた。ドイル夫人がいちばん重要なもの――ジェニファーからの絵葉書――をいちばん上に置いてくれている。ジェニファー・ニコルスンはフェニモアの変わらぬお相手である。彼女が町にいるかぎりは。だが残念なことに彼女は現在南フランスにいる。古書の店をやっている父親が、稀覯本を捜すために彼女を海外に出張させたのである。どこやらのビジネス出張とはちがって費用の出所がまっとうなため、ジェニファーは地中海の浜辺ではなく、大都市の書店めぐりをしているはずだ。

絵葉書の裏にはこうある。〝さえない毎日。あなたがここにいなくてよかった〟表は、人でごったがえしたマルセイユのバスターミナルの写真だった。

ジェニファーはきっと、よろこんでフェニモアの伴侶となってくれるつもりなのだろう。だがフェニモア自身は、二人の年齢にひっかかっていた。彼女はまだ二十五歳、彼はすでに四十を超えているのである。二人の関係をもっと永続的なものにしたいという気持ちに駆られるたびに、元気な盛りのジェニファーの介護をうける情けない老いぼれの自分の姿が目の前にちらついて、誘惑に抵抗してしまうのだ。

ジェニファーは出発前に日程表のコピーを彼に渡し、軽い口調で〝いつでも手紙ちょうだい〟といった。フェニモアは書く気はなかった。ジェニファーとちがって、筆不精なたちなのである。ところが彼女がいなくなって一週間もたたぬうちに、彼女と分かち合ってきた日常的なことが、なぜか始終頭に浮かんだ。彼女と話ができないのが寂しかった。自分でもおどろいたことに、気がついたらしょっちゅう手紙を書いていた。いまも書きたい気分だった。午後の患者は多くない。最初の予約時間まで、三十分ある。ドイル夫人をちらっと盗み見した。彼女が高齢者医療保険の書類に没頭していることを確認し、吸取り紙の下から私物の紙を取り出して書きはじめた。

親愛なるジェニファー、

今朝、マルセーユからのきみの絵葉書を拝受し、過密なスケジュールの合間を縫って、このところの捜査の進捗状況を報告することにいたしました。

(彼の文章はともすればペダンティックになる傾向がある。〝光陰矢のごとし《テムプス・フュージット》〟とか、〝ああ、時代よ《オー・テムポーラ》! ああ、人の道よ《オー・モレス》!〟などというラテン語のフレーズまではさみたがる男、として有名なくらいだ。)

書き出しと同じノリで、彼はパンコースト家を襲った不幸について六ページにわたり、こと細かく書き記した。

診察時間が迫りつつあるゆえ、ぼつぼつ筆を置かねばなりません。しかし、わたしがここに記したささやかな問題に関して、貴女の少なからざるお知恵を拝借できれば、ありがたく存じます。

(フェニモアはおべんちゃらを連発する男ではない。彼にとって、これは大きな逸脱であった)

誠実なる貴女の友

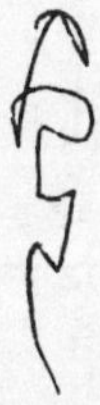

(彼のサインときたら、彼の処方箋と同じで、名前とは似ても似つかないという点でチンパンジーが書いたといっても過言ではない)

ジェニーの日程表を調べると、来週はボルドーにいることがわかった。彼は手紙を上着のポケットに入れた。「患者さんが来る前に、ちょっと外の空気を吸ってくるよ、ドイルさん」

「どうぞ、どうぞ、先生」

彼が後ずさりするのをながめながら、ジェニファー宛の手紙をどのポストに入れるつもりだろう、とドイル夫人は考えた。

フェニモアが帰ってみると、デスクの上にまた電話のメモがのっていた。〝大至急！〟とある。メッセージはこうだ。〝エミリー・パンコーストに電話してください。ドールハウスの件？？？〟（三つのクエッションマークは、できるだけ急いで、という意味のドイル夫人の暗号）。

彼はパンコースト家の番号をまわした。

「ああ、先生。こんなにすぐに、お電話をありがとう」ジュディスだ。「また、ドールハウスなの。というか――人形のほう。一人いないのよ。こんなことであなたをわずらわせたくないし、ふだんなら――」

「どの人形です」

「トムの」

「どこかに置き忘れたりしてませんか」

「いえ、そんなことはないはずよ。わたしたちだけだったら、かならず決まったところに仕舞いますからね――ホールのクローゼットの靴箱の中。ドールハウスを入れるのに、とても都合がいいのよ。感謝祭であの……いやなことがあったあとで、全部ていねいに箱に入れ、棚にもどしておいたのよ」

「で、彼の人形がドールハウスにないんですね」

「ええ。そしてどの部屋もきちんとしたままなの」

「トムはいま、どこです？」

「それが、心配なのよ。家内のミルドレッドがついさっき電話をかけてきて、ランチを食べに十二時に帰ってくるはずだったのに、まだ帰ってこないというじゃありませんか。彼女はトムがここに来てるかと思ったらしいの」

フェニモアは腕時計を見た。二時過ぎている。

「彼女がいうには、トムはまずここへ寄って車を出すつもりだったんですって。気候の悪いときはだいたいうちの馬車小屋に車を置いていて、たまにしか使わないのよ。冬場はジープを使うから」

「ドールハウスの馬車小屋は調べましたか」

「あら、見てないわ」

「今すぐ、見てもらえます？　待ってますから」

ゴトンと彼女が受話器をテーブルに置く音がした。

「いったいどういうことです」つぎの患者が来たことを知らせに入ってきていたドイル夫人が、会話の尻尾を聞きかじった。

ジュディスがもどるのを待ちながら、フェニモアはパンコースト家のできごとをかいつまんで話した。

「先生！」ジュディスがもどってきた。

「はいはい」

「おっしゃるとおりよ。馬車小屋にトムの人形がありましたよ」

「それで？」

「ちいさな赤いスポーツカーに座ってたわ。だれがそんなところに置いたのか、見当もつかない。エミリーは絶対自分じゃないというし。でも、ほっとしましたよ」医師の顔から血の気が引いたのに、ドイル夫人はギクリとした。「エドガーはそこにいますか？」彼は鋭く訊いた。

「いいえ。今日は建築現場よ」

「マリーは？」

「上のアトリエで彫刻してるわ。うちの屋根裏をアトリエ代わりに使ってるのよ」

「彼女のところへ行って、外の馬車小屋を見てきてもらってください。お宅の馬車小屋ですよ、ドールハウスのではなく」パンコースト家には部屋が多すぎるんだ、まったく。

「見てきたら、すぐにぼくに電話して」

「マリーの邪魔はしたくないわ……」

「緊急だというんです。それからジュディス——エミリーは絶対に一緒に行かせないようにこ」彼女の心臓が彼は気がかりだった。「マリーがもどってきたら、すぐに電話くださいよ」

「わかったわ、先生」

フェニモアは患者に精神を集中できなくなった――めったにないことである。幸いなことに、目の前にあるのは風邪ひきの胸と腫れた踝《くるぶし》と湿疹の皮膚だけだった。思ったより早く片づいた。彼が白衣を剝ぎ取り手を洗っているところへ、電話が鳴った。泡だらけの手で受話器を取った。

「フェニモア先生の診療所でしょうか」ジュディスではない。エミリーでもない。官僚的な感じのする男の声だった。

「そうですが」

「こちらはベイカー巡査です。シークレスト警察の。そちらに電話して報告するよういわれまして」

こちらから相手に報告してもいいくらいだった。「いいたまえ」げっそりしながらいった。

「十二月二日、金曜日。トマス・パンコースト、年齢三十四歳、白人、の件の報告です。午後二時三十分、彼は自分の車で死んでいるのを、母親マリー・パンコーストおよび伯母ジュディス・パンコーストによって発見されました。車のモーターが回っており」巡査の声は報告書の詳細をだらだらと続けた。「死因は……」

「一酸化炭素中毒」フェニモアはさえぎった。

「そのとおりであります」

フェニモアはそれ以上さえぎることはせず、警官に最後まで報告させた。

11

フェニモアが以前に解決した事件の記録が残っていたため、シークレスト警察は彼にトムの死亡状況をすっかり説明してくれた。

フェニモアがつぎに行ったのは例の酒場だった。検視官が、トムの血液から異常に高いレベルのアルコールが検出されたと教えてくれたからで、この酒場がトムのお気に入りの隠れ家であることはわかっていた。

「よう、先生《ドク》！」フェニモアがバーのスツールに腰を乗せると、フランクが声をかけてきた。「なににするかね？」

「アルコールはいらないよ、今日は。ほしいのは情報なんだ」

「いってみな」

「今日の午後、トム・パンコーストが来てた？」

「もち。しこたま飲んで帰ったよ」

「何時ごろ？」

フランクは時計を見た。「やってきたのはちょうど昼ごろ。帰ったのは一時半かな。満タンにする時間はたっぷりあったね」

「死んだんだ」

フランクは磨いていたグラスを落としそうになった。

「自分の車で一酸化炭素中毒死、伯母さんの馬車小屋の中でね」

フランクは目をむいた。

「発見されたのは二時半ごろだ」

「自殺？」

「かもしれない」

「ひゅー！」バーテンダーは額をぬぐった。「ああいうかみさんじゃ、いずれこんなことになると思ったぜ」

「気をつけたまえ。物騒だよ、そんな話は」

「たしかに」

「ここにいるあいだに、トムと話をした？」

「ああ。どうってことない話だけどな。だいたいはフットボールの話。彼はブラウン大の選手だったんだよ」

フェニモアはうなずいた。「やっぱりビールをもらうよ。ドラフト」

フランクはグラスを満たして彼のほうにすべらせた。「ふさぎこんでるとか、そんな様子は全然なかったがなあ。むしろ上機嫌だったよ。おれにジョークなんかいってさ。ある男がバーに入ってきて――」

「ジョークはまたの機会に」

「うん、そうだな」フランクは恥じ入ったような顔になった。

「ここを出るとき、どこへ行くとかいわなかったかい？」

「〝車に乗りに〟行くって。初めてそれ聞いたときは、びっくりしたがね。だって運転どころの騒ぎじゃないんだから、ぐでんぐでんで。でもその後で説明してくれたよ――〝車に乗る〟ってのは、酔いが醒めるまで伯母さんちの馬車小屋に置いてある自分の車に座ってる、ってことだってさ。たまにはそこで前後不覚になっちまうこともあったらしい」

「伯母さんたちはそのことを知ってたのかな」

「知ってても知らん顔をしてた。あの人たちはバカじゃない」

「彼のその習慣だが――みんな知ってたのかな？」

「トムは秘密にしてたわけじゃないからな」フランクはカウンターにラグを敷いた。

「あの車はトムのセカンドハウスみたいなもんだった。じつはあそこがほんとうの家ならよかったんじゃないかね」彼はそのラグをビシッとふるった。

フェニモアはビールを飲み干し、料金にたっぷりとチップを上乗せした。

「寂しくなるな」とフランクはいった。「トムは最高の客のひとりだったから」

フェニモアのつぎの行き先はパンコースト家の馬車小屋だった。トムの車ばかりでなく、ヨットまでしまっておける広々した場所だ。十六歳以上には見えない警官が一人、浜辺の椅子からこの現場を監督していた。シークレスト警察は若い子を採用するのだ。フェニモアは彼に、署長のサインのある紙切れを示した。

車、すなわちぴかぴかのポルシェは、徹底的に捜査しつくされていた。床にもサイドポケットにも、グラブコンパートメントにさえ、がらくたやゴミのかけらもなかった。まるでショウルームから出たことは一度もないみたいだ。「捜査する前にも、車はこんなふうだったのかい？」

少年はうなずいた。「塵一つなかったです。グラブコンパートメントに、登録証明書と保険証と運転マニュアルがあっただけで」

情けない気持ちで、フェニモアはがらくたの詰まった自分のおんぼろシェヴィのことを考えた。トムはおそらく、ほんのちょっとの引っかき傷やシミがついても心臓発作を起こしかねない車マニアだったにちがいない。その場を立ち去ろうとしたとき、フェニモアは後部の窓にステッカーが貼ってあるのに気がついた。費用のかかるスカッシュクラブの、つやつやした赤と黒のロゴだ。殺人捜査の鉄則の一は、犠牲者を知ることである。

スカッシュのコートは、比較的若い二人の男性が試合をやっていて、バシッ、バシッとボールの跳ね返る音が騒々しかった。フェニモアは我慢強く待った。クラブに入れてもらうにも、なかなか大変だったのだ。ちいさな町では、メンバー外の人間は歓迎されない。パンコースト家に電話してジュディスからお墨付きをもらってはじめて、彼はこの神々しい聖域に足を踏み入れることを許されたのである。

クラブのマネージャーから、二人の男性の名前——ジョッシュとヘンリー——を教えてもらっていた。二人はときどきトムのスカッシュの相手をしていた、とマネージャーは教えてくれた。やっと試合が終わり、二人の男はクラブそなえつけの純白のタオルで滴る汗をふきながら、ぶらぶらとコートから出てきた。

「失礼ですが、ちょっと——」フェニモアは用むきを説明した。

トムの運命を聞かされると、二人はそれなりにショックを受けた。若い男にとって、同世代の人間の死を聞かされることは、とくにつらいものなのだ。

「いつのことです」ジョッシュが訊いた。

「今日の午後」

二人は首を振った。

「奥さんは知ってるんですか」ヘンリーが訊いた。

「と思います」

「可哀想に、あの子達」ジョッシュがつぶやいた。

「彼、最近落ちこんでましたか？」

二人は顔を見合わせた。

「全然」ヘンリーがいった。

「彼に敵はいませんでしたか」

「コート以外にはいませんね」ジョッシュがいたずらっぽくいった。

スカッシュのスコアをめぐって殺人を犯す人間がいるとは、フェニモアには到底思えなかった。「彼はなにか大きな問題を抱えていませんでしたかね。たとえばカネの問題とか？　あるいは結婚生活で、とか？」

〝結婚〟という言葉に、二人の視線がすばやく交差した。

「彼の奥さんが心霊研究とか、そんなことに凝っていると聞きましたが」フェニモアは追いうちをかけた。

「彼女の趣味ですからね」ヘンリーが応じた。

「彼の飲酒癖についてはどうなんです。奥さんは反対してたんでしょうか」

「亭主を殺すほどではありませんよ、あなたの狙いがそういうことなら」とジョッシュ。

「彼は飲みすぎることはあったが、たちの悪い酔っ払いではなかった」ヘンリーがつけたした。

「実際、丁寧になるくらいでしたからね」ジョシュがさらに口をはさんだ。「人懐っこくなるんです」

「彼に恨みをもつような人間に心当たりは？」

二人はそろってすばやく首を振った。

「そんな男ではなかった」とヘンリー。

ジョッシュは同意の印にうなずいた。

フェニモアは二人のスカッシュプレーヤーに礼をいい、シャワーへと逃がしてやった。

ミルドレットは最後にまわしていた。家族を失ったばかりの人物から聞き取り調査をするのは気が進まなかったのだ。だが殺人の容疑者となれば、そんなきれいごとはいっていられない。それに、捜査官ならだれでも知っているように、第一容疑者は犠牲者のつれあい、というのが定説だ。訪ねて行くことは、あらかじめミルドレッドに電話しておいた。長々と寝そべったような格好のランチハウスに近づきながら、フェニモアは複雑な心境だった。車寄せに三輪車が乗り捨てられ、玄関ドアのそばにローラーブレードがころがっている。

ベルに応えたのはスザンヌ・パンコーストだった。顔が蒼ざめ、ひきつっていた。

「お邪魔してすみません――」

「いいんです。いま警察が帰ったところなの。ミルドレッドがお待ちしてるわ」彼女は彼を、居間とも書斎ともつかぬ部屋に案内した。ミルドレッド・パンコーストはカードテーブルに顔を伏せていた。前にトランプが何枚か並んでいる。彼女が顔をあげたとき、フェニモアが見たのは泣き腫らした目だった。

「お邪魔して、ほんとうにもうしわけありません、奥さん。でもなんとか真相を探りたいのです」

彼女は鉄のフレームにカンバス地を張った低い椅子をすすめた。座ってみると、体が床とほぼ水平になってしまった。聞き取り調査をするに最適な姿勢とはいえない。ぶざまに立ちあがって、もっと標準的な椅子に移った。

「あなたは医者兼探偵なのよね?」

彼はうなずいた。

「彼はやってないわ」

「なんですって?」

「トムは自殺なんかしません」

「どうしてそう断言なさるんです？」

「彼は鬱状態じゃなかった。自殺を口にしたこともなかった。書置きもありません。それに彼は……」彼女は言葉をのみ、深く息を吸ってから続けた。「彼は……しし座だったのよ。しし座の人は自殺はしません」

「なるほど」フェニモアは星座による性格傾向を調べること、と頭に刻んだ。彼自身はうお座で、魚の形の星座のもとに生まれついたことがどうも気に入らない。どちらかといえばおうし座のほうがよかった——でなければさそり座。そのほうが自分にふさわしく思える。「ご主人には敵がいましたか」

「わたしの知るかぎりでは、いないわ」

「おカネの問題は？」

「ない人がいる？」

「ぼくはまた、パンコースト家のみなさんは……その……かなり豊かだと思ってましたが」

「いくらあってもけっして充分ってことはない、わかるでしょ」

フェニモアにはわからなかった。もっとほしいと思ったことは一度もない。彼の収入は多くの医者の標準に照らせば少なすぎるだろうが、自分の欲求をみたすにはそれで充分だった。

「パンコースト家のだれかが、もっとおカネが必要だというようなことを、口にするのを聞いたことがありますか」

「わたしの口からだれそれとはいえないわ」ミルドレッドはすばやくいった。「でも聞いたことはあるわよ、一度ならず、みんながもっとあればというのを」

「なるほど」

「あなたにはわからないかもしれないわね。お子さん、ないんでしょ？」

彼はうなずいた。

「子供はカネ食い虫なのよ。学校でしょ、キャンプでしょ、それに歯の治療やら習い事やら──音楽、テニス、車の運転、ヨットの操縦」彼女は指先をつついて数えあげた。「それからカレッジのための貯金。果てしがないのよ」

子供の一人が、親指をしゃぶりながら戸口にあらわれた。こんなちいさな生き物がそれほどの重荷になるとは信じ難かった。その子の顔には泣いた形跡があった。「こっちへいらっしゃい」ミルドレッドが手招きした。ちいさな女の子は母親に駆け寄って膝に顔を埋めた。

「モリー！」スザンヌが戸口に姿を見せた。

「いいのよ、スー」ミルドレッドがいった。

だがスザンヌはモリーを連れていった。

そろそろ失礼しよう。フェニモアは立ちあがって、若い未亡人に礼をいった。

玄関にむかう途中で、重大な質問をし忘れていたことに気づき、彼は立ち止まった――犯行が行なわれた時間に彼女はどこにいたのか？　彼は振り向いた。スザンヌがすぐうしろに従っていた。「トムが亡くなった時間に、ミルドレッドはどこにいました？」

彼はスザンヌに訊ねた。

彼女は眉をひそめた。「学校よ。子供たちを迎えに」

「あなたは？」

「わたし？」びっくりしたらしい。

彼はうなずいた。

「同じよ。わたしたちは同じ学校に子供を通わせているの」

「で、あなたのご主人は？」

「アダム？　もちろん、学校。べつのね。ハイスクールよ。彼はそこで教えてるの」

「ご主人の時間割のコピー、ありますか？」

「いまは、ありません」ぶっきらぼうな答えだった。

「むろん、そうでしょう。あとで、ぼくのところへ送っていただけませんか」

「たぶん――」

「ありがとう」フェニモアはあわただしく退散した。趣味といえども、イヤな後味を残すことがある。

車にもどると、フェニモアはわかっていることを整理した。

1．トムには飲酒癖があった。
2．彼に自殺傾向はなかった。
3．おそらく、重大な敵はいなかった。
4．収入以上の生活をしていた。
5．パンコースト家の人間は全員、収入以上の生活をしている。

例外があるとすれば、伯母様たちだ。たとえドールハウスの飾りつけにそうとう——天文学的数字になるかもしれないが——金をかけたとしても。どういう推理がなりたつ？　伯母たちがトムを殺して得るところがあるのか、ということ。財布の紐を握っているのは彼女たちなのだ！　どうも考えがまとまらない。アリバイのほうから攻めてみることにする。パメラの死の時刻にはパンコースト家の人間は一堂に会していた。だがトムの死亡時刻には、みんなばらばらだ。フェニモアは手早く全員の居場所をリストにした。

トム・パンコースト殺害容疑者のアリバイ

容疑者	アリバイ	抜け穴
エミリー	うたたね	いつでも、こっそり馬車小屋まで行くことはできた。
ジュディス	買物	いつでも、こっそり馬車小屋にもどれた。
ミルドレッド	学校に子供たちを迎えに	子供たちの迎えには一時間もかからない。馬車小屋までは三十分あれば行ける。
スザンヌ	学校に子供たちを迎えに	右に同じ。
アダム	ハイスクール	抜け出して馬車小屋へ行くことはできる。ハイスクールからシークレストまではわ

エドガー　シークレストから二マイルほどの建築現場　ずか三マイル。ランチタイムに馬車小屋にもどることは可能

マリー　パンコースト館のアトリエで制作中　エミリーのうたたねとジュディスの買物のすきを見て、馬車小屋にしのびこむことはできた。

キャリー　学校の授業中　抜け出すことは可能。

フランク　バーの仕事　休憩中に馬車小屋に行ったかもしれない

十二月五日　ミルドレッド・パンコーストの日記

今日、トムを埋葬した。わたしは未亡人となり、かわいそうな子供たちは父親を失った。警察は自殺だという。でも、わたしは信じない。遺書がないのだから。そ

れに、彼は絶対に死ぬほど不幸ではなかった。わたしたちはずっと幸せだった。子供もいたし。きっとあの人形のせいだ。だれかが正気を失って、トムを血祭りにあげたのだ。きっとその人物は家族の中にいる。その人たちは彼に呪いをかけたのだ——彼の人形を使って。伯母様たちにわたしの人形を作らせなくて、ほんとうによかった。すくなくともわたしは安全だ。子供たちを孤児にはさせない。あんな人形なんか、捨ててしまえばいい。水に沈めるか、燃やすか、埋めるか。なんでもいい！　アガサ・クリスティーの小説が思い出される——『そしてだれもいなくなった』。ダイニングルームのテーブルにのっていた十人のちいさなインディアン人形。一つが壊れると、だれかが死ぬ。なぜ人形を隠すなり潰すなり壊すなりしてしまわないんだろう。わたしはいつもそう思っていた。そうすれば殺人を全部防げたかもしれないのに。わたしたちも人形を始末すれば、これ以上の死は防げるかもしれない。最初がパメラ。今度はトム。次はだれ？

12

ヤードセールの日はすがすがしい晴天だった。フィラデルフィア市街地の住宅にはまず前庭というものがないので、実際には歩道のセールとなる。フェニモアが愛らしい夢——ジェニファーと手をつないで海岸で貝殻を拾っている——の中を漂っていると、けたたましくドアのベルが鳴ってたたき起こされた。

「ずいぶん早起きだね」玄関階段の上で逆光をうけ、黒い影をなしているホレイショに、彼は目をすがめた。

「天気は最高」ホレイショはパジャマ姿の先生を押しのけるようにして、地下室にむかった。

フェニモアは憂鬱な気分で、憚れていたこのイベントのための着替えをしに、二階へ上がった。この時期はまずいといって、なんとか引き延ばそうとしてきたのだが、結局ドイル夫人に押しきられてしまった。「この時期だからいいんですよ」というのが彼女の言い分だった。「十二月にはみんな、ちょっとした人へのプレゼントや、靴下に入れる品物を捜してるんです」この〝ちょっとした人〟が、フェニモアは気に入らなかった。ちょっとした人しか、彼の物を欲しがらないというのか？

おまけに、ふさわしい身なりをするよう命じられていた。いつもの紺のスーツに白ワイシャツ、レジメンタルタイに黒のオクスフォードシューズではダメ、と。彼はクローゼットをかきまわし、住居の緊急事態――たとえばゆるんだネジを締めるとか、剝がれかけたリノリウムの角を貼りつけるとか、火災報知機の電池を取り替えるとか（彼の修理の技はあらゆる分野に及んでいる）――にそなえて捨てずにいる古ズボンを捜した。

「ニャーオーン」飼い猫のサールが彼の後に続いてクローゼットに入ったのに、うっかり扉を閉めてしまっていた。あわてて扉を開けた。猫は飛び出してきてベッドの下に消えた。朝からこれじゃあ、今日は先が思いやられるぞ、フェニモアはいかめしくつぶやいた。しばらくたって階下に降りた彼は、古ズボンと度重なる漂白でステキだった深緑が気の滅入るような灰色になってしまったシャツ、それに〝カミカゼ〟スニーカー（こう命名したのはジェニファーで、〝自殺でもしようという人しか、そんなひどいものは履かない〟）といういでたちだった。

玄関で、ホレイショが古びたビューローを運び出そうともがいていた。

「おい」フェニモアが彼を制した。「本気でそいつを処分するのかい？」あちこちに引っかき傷があるのと、引出しが一個なくなっていることをのぞけば、完璧な状態である。

「本気よ」ドイル夫人が地下から上がってきた。

「きみはいつ来た？」フェニモアはぐるりを敵に囲まれ、不意打ちをくらった格好だった。サールまでが階段の上で配置につき、その方向へのフェニモアの退路を断っている。

「七時半から来てますよ――これの準備で」看護婦は手のひら一杯の赤いステッカーを差し出した。それにはきれいな黒い文字で値段が書きこまれている。

「いくらで売るかどうして知ってる？」フェニモアにはわけがわからなかった。

「常識ですよ」彼女はこともなげに言い放つと、ホレイショを手伝いに行った。二人掛かりでビューローを戸口から出し、歩道に運んだ。

歩道に目をやったフェニモアは唖然とした。骨と皮に痩せこけた人間でさえ通れないほど、家具や台所用品、書物や衣類、その他小物類が積み上げられて道を塞いでいる。心配のあまり、破棄された品々を調べに外へ出た。

「また持ちこんだりしちゃ、ダメだからね」ホレイショが戦々恐々と声をあげた。

わざとのようにポケットに両手を突っ込むと、フェニモアは雑多なコレクションをながめわたした――フクロウのドアストップ、十代の花嫁姿のエリザベス・テイラーが表紙を飾る《ライフ》誌、蝶番で蓋が開く白鑞《しろめ》の石鹸箱。彼が石鹸箱に手をのばそうとしたとき、ドイル夫人が赤いステッカーをペタッと貼りつけた――いわく、75¢。

「七十五セント？　おばあさんの物だったんだよ！」

「そのくらいにしかならないわ」看護婦は平然といった。

「しかし、思い出は……？」

「手を洗うおばあさんの思い出？」

「いや……まあ……そうだ」

「そう、なら結構」彼女は折れて、ステッカーを剝がした。「いいこと、それをバスルームの流しのところに置いて、毎日使ってくださいよ。また地下室に置いてあるのを見たら、即、ぽいですからね」

「はい、はい」フェニモアはおとなしく答えると、石鹼箱をポケットに押しこんだ。

彼が依然として山積みの歩道をながめていると、通りがかりの女性が一人そこに加わった。二人は縦に並んで見て回った。「あなた、こんながらくたの山見たことある？」女は腹立たしげにいった。「こんなものを売りつけようとするなんて、厚かましいもいいところね。こんなものがある所といえば、一ヵ所しかないわ――」

フェニモアは彼女の顔を見た。

「市の廃棄物処理場よ！」彼女はいいすてて、急ぎ足で立ち去った。

家のほうを振り向くと、玄関階段でドイル夫人とホレイショがなにやら相談している。二人の従業員がこれほど協力しあっているところは、見たことがなかった。ふだんは仲が悪いのに、今日はぴったり気が合っているようだ。なぜかこれが彼を不安にした。ドイル夫人が彼をちらりと盗み見すると、中に消えた。ホレイショはやみくもに口笛を吹きながら、並べなおす必要もない壊れた椅子を並べなおしている。何分もしないうちに、ドイル夫人はフェニモア宛のメッセージを手にしてまたあらわれた。彼の友人である警官ラファティが、電話してくれという。自分の過去の廃棄物から離れられることにほっとして、フェニモアは電話にむかった。

「今日の午後のイーグルズ戦のチケットが二枚手に入ったんだ。行かないか」

なんたる幸運。この憂鬱な仕事から逃げ出せるとは。「いいね！」

「じゃあ一時に、Dゲイトで」

ラファティと顔を合わせたとたんに、フェニモアの頭に疑問がうかんだ。「このチケットはどこで手に入れた？」

「きみの看護婦さんが電話をくれたんだよ。チケット売り場に予約してあるからって。おれまで呼んでくれるとは、いい人だね、彼女は」

フェニモアは残りの試合のあいだじゅうもじもじと落ち着かなかった。

スプルース・ストリートまで帰ってくると、駆け足になった。家の前の歩道が空っぽなのを見て、ますますパニックになった。家の中は不気味に静まりかえっている。サールさえ迎えに出ない。いやな予感がして、ちらっと待合室に目を走らせた。家具は全部あるようだ。すばやく診察室も一瞥し、ほっと溜息をつく。ここには、なくなっているものはなにもない。胸をドキドキさせながら地下室へのドアを開け、電気をつけた。目の前にきれいさっぱり片づいた七百平方フィートのコンクリート床が広がっている。端から端まで、何物にも邪魔されずに歩ける。だがつくづく感心したのは、温水暖房機の上を手でこすったときだった。埃ひとつなかった。

地下室の階段を上がると、てっぺんでサールが待っていた。少なくとも彼女は猫は売らなかったのだ！　サールを抱えあげ、お気に入りの肱掛椅子に運んだ。その革の背もたれに、彼の名前を書いた封筒がテープでとめてあった。サールを座席のクッションの上におろし、封筒を破った。まずパリパリの真新しい二十ドル札が二枚、それから二十五セント玉一個、五セント玉一個、一ペニー銅貨が二個、彼の手にこぼれ落ちた。封筒には、ドイル夫人のきっちりした文字で〝あなたの分け前（イーグルスのチケット代二枚分を引いたもの）〟と書いたメモが入っていた。

13

ひと月もたたぬうちに二人の子供を失って、マリー・パンコーストの性格は劇的に変わった。以前は陽気で外交的だったが、いまでは怒りっぽく、引きこもるようになった。かつては家族が彼女の世界の中心で、彫刻はたんなる趣味であり暇つぶしだったが、いまの彼女には家族(残っているだけの)など眼中になく、寝ても覚めても彫刻のことしか考えなくなった。アトリエで過ごす時間がどんどん長くなった。喪失感を紛らすには、作業にうちこむしかなかったのだ。木や石の塊をなにか具体的な形に仕上げているときだけ、苦痛を押さえこむことができた。だが手を止めたとたんに、しばし忘れられていた分だけかえって強烈に、苦痛がまた襲いかかってくるのだった。

だから彼女は、ときには食べることも眠ることも忘れ、憔悴しきるまで彫刻を続けた。仮眠のためにアトリエに持ちこんだ簡易ベッドで眠ることも多かった。エドガーもまた、異常をきたした。子供たちを失った悲しみと、妻の変貌にたいする対応とのはざまで引き裂かれてしまったのである。仕事をないがしろにするので、顧客は去りつつあった。

ほかの建設会社は、彼が平気で破る工期をまもることで、優位に立った。姉たちの客間に座りこみ、ほとんどページをめくりもせずに新聞とにらめっこの毎日。そしてときたま二階のアトリエに上がっては、妻に降りてきて何か食べないかとすすめたり、一緒に家に帰って休もうと頼んだりするのだった。

姉たちはなんとか日常をとりもどしてもらおうと、彼にお茶やコーヒーや料理を運んではひっきりなしに世話を焼いた。一人残った娘のスザンヌも、毎日両親の様子を見に寄っては、なぐさめようと努めた。二人の気持ちを引き立てられるかもしれないと、子供たちを連れてくることもあった。だが、二人はアマンダとタッドの区別さえつかない有様で、子供のお相手はいつも伯母様たちにまかされてしまうのだった。

ある日、なんとも悲しい儀式が庭でとりおこなわれることになった。ミルドレッドが、このところの一連の悲劇は人形になんらかの責任がある、と伯母たちを説き伏せたのである。彼女は言い張った――それもかなりヒステリックになって――トムとパメラがあんなことになったのは人形のせいだ、と。

「あのいやらしい人形さえ始末すれば、これ以上だれも死ななくてすむのよ」彼女は震え慄く伯母たちに金切り声で叫んだ。(二人の死に殺人という言葉を使える者は、家族の中にはまだ一人もいなかった。)

彼女の要求は理不尽だったが、夫を亡くした気の毒な彼女の気持ちを尊重し、伯母様たちは人形——それにその衣類——を処分することに同意した。どの人形にも、季節季節の手の込んだ衣裳があつらえてあった。エミリーにとっては、自分の人形用の、背中にデリケートな蝶が刺繡されているフリンジつきのちいさなショールを捨てるのが、とくべつにつらかった。それにジュディスは、自分の人形のために作った黒い人造皮革のブーツを捨てると思うと、胸が張り裂けそうだった。

この悲しい作業のために、十二月のことさらに荒れ模様の一日が選ばれた。二人ともオーバーコートを着こんだ。ジュディスはふわふわした巻き毛のうえからフェルト帽子をすっぽりかぶり、エミリーはウールのスカーフを顎の下で結んだ。ジュディスがシャベルを持ち、エミリーは二つの靴箱——一つには人形がもう一つには衣裳が入っている——を運んだ。

ジュディスが地面にシャベルを押し込もうとしたが、そこは石のようにこちこちだった。引っかき傷さえつくれない。エミリーが交替を申し出たが、ジュディスは姉の心臓を思いやって断った。そして紫陽花の茂みや枯れた野菜の畑などに穴かくぼみでもないかと、庭をうろうろした。ついにいちばん奥で立ち止まり、エミリーを手招きした。動物が掘ったらしい穴——地面のへこみとでもいうか——を見つけたのである。その中に靴箱を入れるよう、エミリーに指図した。エミリーは従った。ジュディスは、シャベルで簡単にすくえる土と小石が見つかるまで、また庭をうろうろし歩きまわった。靴箱が完全に隠れるまで土や小石をかぶせるには、何度か往復しなければならなかった。箱がすっかり見えなくなると、エミリーがついでにそこの雑草や枯草を取り去った。家にもどる前に、何かがたりないような気がしてしばらくぐずぐずした。でもなにが？ お祈り？ この場にふさわしいとは、とても思えない。二人はむかい風に頭を垂れて、のろのろと館にもどって行った。

エミリーが先頭で裏口の階段までやってきた。一段目の板が腐って穴が開いていて、ふだんならエドガーがとっくに修理してくれているはずだった。だが最近の彼は修理どころではない。彼女たちはアダムに頼むのを忘れていた。いきなりエミリーの脚がくずおれ、鋭い悲鳴があがった。穴を踏みぬいて倒れたのだ。ジュディスがシャベルを放り出して駆け寄った。

お茶の時間のころには、エミリーはシークレスト病院の救急治療室で手術を待っていた。レントゲンで腰に骨折があることがわかったのだ。パンコースト一族のほとんどがロビーに集まっていて、彼らの重大な悲しみはあらたな緊急事態によって一瞬影をひそめていた。ジュディスはエミリーが手術室に運ばれるまでそばに付き添うことを許されていたが、事故のことをフェニモアに電話で知らせるためにロビーに出た。

電話に出たのはドイル夫人だった。ジュディス・パンコーストからであることを告げられたフェニモアは、胃がひっくり返りそうになった。かけてきた理由を聞くと、最悪の事態でなくてほっとしたくらいだ。

「そちらの心臓医はだれです?」彼は鋭く訊いた。

「ルーケンズ先生よ」

「その先生に、すぐぼくまで電話するよう頼んでください。エミリーの心臓既往症について説明しておきたいので」

「わかったわ、先生」

しばらくたって、エミリーが無事に回復室に移されると、ジュディスは手術の成功を報告しに、もう一度電話をかけた。

「ああ、そりゃよかった!」フェニモアは、ドイル夫人の身振りの質問に答えるために、激しくうなずいた。「来週、元気づけにうかがいますから、そうエミリーに伝えてください」

「そうしてくださる? わたしたち、ほんとうに元気づけが必要なの。人形と衣裳を全部埋めたところなのよ」

「埋めた、ですって?」

「ミルドレッドがね、このところの事件は人形のせいにちがいないというものだから、それで庭に人形を埋めるのがいちばんいいと思ったの。そのときにエミリーが骨折してしまったのよ」

「なんてことだ」姉妹の犠牲の大きさに圧倒され、フェニモアはちょっと口をつぐんだ。「じゃあ、まかせてください。なにか考えます。ほかに妙なことは起きていませんか——ドールハウスに関連して、という意味ですが」

「いいえ、なにもないわ」

「警察はまだあなたがたを煩わせていますか」

「最近はあまり。でも、また来るでしょ」ジュディスは溜息をついた。

「そう思ってまちがいないでしょうね。では、エミリーの目が覚めたら、よろしくお伝えください」

フェニモアは受話器を置いてドイル夫人に目をむけた。手術が成功と聞いたあとは、熱心にデスクワークにもどっていた。今夜はRUB——彼女がこの地下室で開いたカラテ教室——の三度目の集まりである。授業の概要を書いているのだ。彼が生徒の進み具合を訊ねると、彼女は不敵に笑った。「うちの卒業生を襲う最初の引ったくりは、可哀想よ。きっとその日を呪うことになるわね！」

「きみの生徒でいちばん優秀なのは？」彼は好奇心から訊いてみた。

「まちがいなくアメリア・ダンウディ。カラテチョップでメイベル・パーソンズを気絶させるところだったんですから」

フェニモアは首を振った。無邪気にこの老婦人軍団の餌食になろうとしている引ったくりが、気の毒にすらなった。彼らがこの紅傘連隊のメンバーに太刀打ちできないのは、火を見るより明らかだ。

フェニモアはふたたび、パンコースト姉妹をどうやって元気づけるかを考えはじめた。

次の瞬間、ある考えがひらめいた。

14

ドイル夫人によって羊の群れのようにヴァンに追い込まれた生徒一同は、景色を楽しむために座席におさまった。十二月の第二日曜日のことで、カラテ教室のメンバー全員がクリスマスの買物予定をやりくりしてシークレストへ出かけられる運びとなったのは、奇跡に近いことだった。これにはホレイショの協力もおおいに貢献した。マットを巻き、レンタルのヴァンの屋根に縛りつけたのは、彼だったからである。その報酬として、彼はカラテ演技が披露される席に招待されたのだが、騒々しい女性たちからできるだけ離れた座席に縮こまっているホレイショとしては、複雑な心境だった。フェニモアは運転席でハンドルを握った。

「ねえ、アメリア……」ドイル夫人は最優秀生徒に最後の指示を与えるべく、彼女の隣に席をとっていた。「カラテチョップにはくれぐれも気をつけてね、クリスマス直前にだれかを入院させたりしたくないから」

「十二月にシークレスト海岸に行くなんて、初めて」メイベル・パーソンズがいった。

「まさか泳ぐ気じゃあないわよね」べつの八十代の女性がいった。

「あら、いいじゃない」アメリアが反論した。「主人とわたしは若いころ〈北極熊クラブ〉に入っていて、毎年一月にサーフィンをやったものよ」

「ブルルル」ドイル夫人はいった。「わたしはごめんだわ」

フェニモアは慣れない車を運転するのが絶え難くなってきた。とくにうしろの果てしない女性たちのおしゃべりを聞かされながらでは。これは大義のためなのだと自分に言い聞かせつつ歯をくいしばり、前方に神経を集中した。幸いにして、十二月なので海岸へむかう道路はがらがらだった。

「まあ、見て、キャスリーン！ カカシが立ってる！」

ドイル夫人は窓の外に目をやった。たしかに颯爽たるカカシが立っていて、枯れて茎だけになったトウモロコシ畑ににらみをきかしている。

「あれ、ホレイショそっくりじゃないの！」だれかが声をあげた。

甲高い笑い声がそれに応えた。

ヴァンの窓が閉ざされていなかったら、ホレイショはその場で窓から飛び出していただろう。

パンコースト姉妹のために自分が払っている犠牲を、彼女たちが感謝してくれることを、フェニモアは心から願った。

ヴァンがヴィクトリア風の館に近づいたとき、雨が降り出した。これは一行をあわてさせた。ドイル夫人は、館の前の芝生で実演を披露する予定だったのだ。

「いったいどうしたらいいの？」彼女はフェニモアの肩越しにささやいた。

「心配ないよ。パンコースト家のダイニングルームは、走り高跳びの競技ができるほど広いんだ。ちょっと家具を寄せれば、なんとかなる」

「いらしたわよ、エミリー！」ジュディスが表に面した窓辺に姉を呼んだ。車椅子に座らされたエミリーは、車輪をまわして前へと進んだ。フェニモアが前の晩に電話して、大勢で押しかけることを予告しておいたのだ。

「なんてかわいいスウェットスーツなの」ジュディスが、ヴァンから降りる女性たちの姿をながめて感想をのべた。淡いピンクあり、ブルーあり、黄色あり、グリーンあり、まさに色とりどりだ。「まるでイースターの卵ね」

「だったらフェニモア先生はイースター・バニーだわね」エミリーは冷淡だった。

ホレイショが手伝ったので、ダイニングルームの家具を動かすのは簡単だった。ただ問題は陶器の戸棚だった。演技者のだれかがガラス戸を割って中の高価な陶器を粉々にするのでは、とドイル夫人はおそれた。この難問は、ホレイショが知恵をしぼって、床に敷くマットを二枚、戸棚の前面に結わえつけることで解決した。ようやく演技を始める態勢がととのった。観客のために、部屋のぐるりに折り畳み椅子が並べてある。観客にはジュディス、エミリー、エドガー、マリー、スザンヌ、ミルドレッドも含まれている。アダムと子供たちは、フィナーレに間に合うようにかけつけることになっている。キャリーと彼女の付属物も招待されていた。ドイル夫人はプログラムのあいだに音楽を流すために、小型テープレコーダーまで持ちこんでいた。レコーダーからは威勢のいいスーザの行進曲となめらかなシュトラウスのワルツが交互に流れる段取りである。

音楽が始まると、女性軍団は最初の演技が待ちきれずクスクス笑いながら台所に集まった。みんなパステルカラーのスウェットスーツを脱いで、真っ赤なレオタードに空手の道着というでたち、腰には上級者の印である〝黒帯〟をしめている。《ワシントン・ポスト・マーチ》のリズムに合わせて最初の五人がダイニングルームに行進してきたとき、これはまさしく気落ちした友人にふさわしい気付け薬だ、とフェニモアは悟った。ホレイショのほうを盗み見た。少年は褐色の顔をさらに何段階か濃くして、唇をギュッと嚙んでいる。彼のこの苦行が、無作法な馬鹿笑いをくいとめてくれることを、フェニモアは祈った。

カラテの達人たちは五人ずつ五列になって技を披露しはじめた。握りこぶしを、まずは右に、それから左に突き出し、ひとつひとつの動作と同時に歯切れのよい気合を入れる。次は蹴りで、さらに叫びをあげながら観客にむかって脚を蹴り上げる。もともとフェニモアは、この女性軍団を年配のロケッツ(ミュージックホールでラインダンスを踊る女性たち)みたいなものだろうと、思っていた。だがそのイメージはたちまち消し飛んだ。目の前の演技者には、うきうきした華やかさはまったくない。彼女たちは真剣そのものなのだった。これは敵にまわさぬことだ。

パフォーマンスのあとで、茶菓のサービスがあった。女性軍団は全員シャワーをあび、もとのカラフルなスウェットスーツにもどっていた。客間に座り、片手にティーカップを持って、上品にペストリーを口に運ぶ彼女たちの様子を見て、暗い街角で襲いかかる暴漢を撃退できると思う者はだれもいないだろう。

フェニモアはシークレストにやってきた目的——エミリーのペースメーカーの点検——にとりかかった。彼はプログラマーを持ってきていた。ビニールケースのジッパーを開き、使用法マニュアル(忘れたときの用心に)とともに機械を取り出した。プログラマーはラップトップ・コンピューターに似ているが、もう少し大きい。何人かがのぞきにやってきた——アダム、スザンヌ、キャリー、ホレイショ、それに子供たちも何人か。

「それ、どうするんです?」キャリーが訊いた。

フェニモアは、エミリーの自前のペースメーカーが機能しなくなったとき、代わりに鼓動を起こさせる機械なのだと説明した。目眩《めまい》をおこさないようにするには、心臓は一分に五十五以上脈打たなければならない。それ以下にさがると、脳やそのほかの場所に充分な血液が送られず、目眩を起こしたり気を失ったりする。

携帯電話なしでは一刻もいられないらしいミルドレッドが、電話機を握ってやってきた。

「あ、携帯はこのそばに持ってこないで」フェニモアが注意した。「ペースメーカーを狂わせます」きびしい口調だった。

ミルドレッドはむっとした顔で離れていった。

フェニモアがエミリーを手招きしたとき、キャリーとホレイショがもじもじしながらうしろにいるのに気がついた。二人に見せてやってもいいのでは？

「キャリーとホレイショに見せてやってかまいませんか？」彼はエミリーに訊いた。

「かまいませんとも」

「二人とも、呼ぶまでここで待ちなさい」フェニモアはそういうと、車椅子のエミリーを人のいない書斎へ押していった。

エミリーの胸に手早く三つの電極をつけたフェニモアは、彼女がブラウスのボタンを留めるのを待って外に声をかけた。「二人の科学者君、入っていいよ」プログラマーの蓋を開けると、スクリーンが琥珀色に光っている。

彼の準備が終わったところで、エミリーが若者たちに訊ねた。「きみたち、五十セント玉よりちいさな金属の装置に、命を預けてみたいと思う？」

「あんまり」ホレイショが正直にいった。

キャリーもうなずいた。

三人はスクリーンをじっと見つめた。

「問題ない、先生？」エミリーは訊いた。

フェニモアはうなずいた。「すべて完璧です。あと百年は長生きしますよ」

「そりゃ困った」エミリーは笑った。

三人が部屋を出ようとしたとき、ホレイショがためらった。「あれは何？」彼はエミリーの電話の隣にあるちいさな箱を指差した。キャリーもそれが気になるようだ。

「送信機《トランスミッター》だよ。エミリーが両手の人差し指を濡らし――」

「なめてすますこともあるけどね」エミリーはウィンクしていった。

「――両方の指を特殊な指輪に入れる。指輪にはそれぞれ銅線がついていて、トランスミッターに接続されてるから、その指でペースメーカー会社の800をダイヤルすると、彼女の心電図はファックスのように自動的に先方に送られる。会社はそのファックスで、彼女のペースメーカーがちゃんと働いているかどうか、三カ月ごとにチェックする仕組みになっているんだ」

一時間後、女性軍団は別れを告げて、無事にヴァンにおさまった。フェニモアも乗りこもうとしたとき、ホレイショのことを思い出した。さっき見かけたときは、ホレイショはマットをヴァンの屋根の荷台に縛りつけていた。ところが今、どこにも姿が見えない。みんなに訊いてまわると、ようやくアメリア・ダンウッディが、海のほうへ歩いて行くのを見たような気がする、と教えてくれた。

フェニモアは海へと急いだ。海岸は、パンコースト館の裏を百ヤードほど下ったあたりで、そこまで行くにはチクチクする下生えや歩きにくい砂丘を通り抜けなければならない。彼のオクスフォードシューズはそういった遠出用には作られていない。「あの坊主め」ぼやいているうちに、海岸に出た。人気のない浜辺の水際に、ちいさな人影がぽつんと立っていた。

フェニモアはおーいと声をかけ、手を振った。

ホレイショがこっちを見上げた。ゆっくりと彼のほうへ歩き出した。

「もう帰るよ。きみの姿が見えないもんだから」近づいてきた少年に、苦情がましくいった。

「おれ、初めて見たよ」ホレイショはいった。

「何を？」

「海」

「そうか」フェニモアは考えこみながら、ホレイショに続いてヴァンにもどった。

彼がプログラマーのことを思い出したのは、スプルース・ストリートに入ってからのことだった。なにやかやに気を取られて、置き忘れてきたのである。

15

寝入って一時間もしないうちに、フェニモアは玄関のベルに起こされた。用心深くホールに行って、ドアの曇りガラスからのぞいてみた。一度不用意にドアを開けて、二人の暴漢に襲われたことがあるのだ。むこうからのぞいているのはホレイショだった。ついさっき、この子にお休みをいったばかりではなかったか？

「母さんが……具合が悪いんだ」

彼はホレイショを中に入れた。「器具を持ってくる」

「ブリーフケースはダメだよ」

フェニモアは台所へ行き、冷蔵庫のうしろに手をのばして食料品を買ったときの紙袋を取り出した。ブリーフケースから袋に医療器具を移し変えながら、ホレイショに質問した。

「どんな具合だ？」

「今朝はただのひどい風邪だった。でも、さっき帰ってみたら、ほとんど息ができないみたいなんだ」

「どうしてすぐ救急車を呼ばなかった？」彼はびっくりしてきいた。

「無駄さ。うちのあたりには来ない」ホレイショは気がせいてじたばたしている。「あんなに長く一人にするんじゃなかった」

ズキンと胸が痛み、自分に責任があることにフェニモアは気がついた。ホレイショをシークレストまで連れて行ったりしなければ、もっとずっと早く帰してやれたのだ。紙袋の中に、聴診器、血圧計、アルコール綿、注射器、ペニシリンのバイアル、舌圧子、アルコールの瓶、体温計、それに各種錠剤が入った。「行こう」

ホレイショはフェニモアの素足に目をやった。

「ちょっと待って」医師は階段をばたばた駆け上がり、すぐに身支度をととのえてもどってきた。

ホレイショが先にたって駆け出した。フェニモアは玄関をロックしながら声をかけた。

「車はあっちだ」

「車はダメ。バラされたいのか？」

「しかし、緊急だ……」

「ついておいでよ」ホレイショはすばやく暗い通りに出て行った。フィラデルフィアの道路は格子状になっている。真っ直ぐな通りに、直角に交わる通り。一六八二年にウィリアム・ペンがこのように設計し、以来だれもそれを変えようと思わない。退屈な設計だが、わかりがいい。一ブロックが長く、ウィークデイの真夜中すぎには、ときたまサイレンが聞こえるくらいで、あとはしんとしている。だが安全な区域ではない。街灯が角角に光を投げかけるせいで、その中間にはいっそう深い闇が広がる。ホレイショは路地からの急襲を避けて、縁石のそばを歩きつづけた。どうかすると通りの真ん中を歩くことさえあった。フェニモアもそれに従った。

しだいに樹木や家並が消え、かわりに空き地があらわれはじめた。なぜホレイショはあの猫をここに埋めなかったのだろう。（ホレイショが自分の猫を埋めるのに困っていたときに、フェニモアは初めてこの少年と出合ったのだ。『フェニモア先生、墓を掘る』参照）フェニモアはそのことを訊ねた。

「悪ガキどもに掘り出されて、サッカーのボールにされるのに？」

大きなあき地のそばを通っているので、広い空が見える。だが、星のまたたく優しい空ではない。二人の上に蓋のように覆いかぶさった、鉛色のスモッグの空だ。樹木も家も消えて、フェニモアは心細くなった。《北北西に進路をとれ》ではないが、空中から殺虫剤を撒くヘリコプターがあらわれ、二人にむかって急降下してきそうな気さえした。だがホレイショは跳ぶように先を進む。フェニモアも続くしかなかった。

やがて前方に高層建築群が見えてきた。黒ずんだ空に、コンクリートのタワーが三つより黒々とそびえたっている。公営住宅――貧しい人々に雨露をしのぐ場所を与えるための、政府の心やさしい解決策である。

高層ビルまで半ブロックというところで、ホレイショが立ち止まって振り向いた。

「体を低くして。おれから離れるなよ。これから裏に回る」

おもてで、ひとかたまりの子供たちが地面に座り、壁にもたれたりバイクによりかかったりしているのが見えた。彼らの頭上に銀色のもやが漂い、甘ったるいマリファナの匂いが二人のところまで届いた。みんないちおう無害そうだが、ホレイショは外見にはだまされない。彼はフェニモアを連れて、彼らの注意を引かぬよう用心しながらビルのわきに回った。

「あの子達、追いかけてきたりするのかい?」フェニモアは振り返ってみたい衝動と戦った。

ホレイショは肩をすくめた。「おれはカラテの動きを学習中なんだ。行こうぜ」彼は命じた。

ホレイショが重たい非常扉に身を寄せたとたん、扉のむこうから取っ組み合う音がした。「くたばれ!」と罵声が飛んだ。ホレイショはさっと角を曲がり、ブロックの壁づたいに走り、もう一つの落書きだらけの扉の前で止まった。フェニモアが追いつくとすぐ、彼は扉を押した――今度はもっと用心して。何の物音もしない。よく訓練されたブラッドハウンドのように、少年はあたりのにおいを嗅いでからコンクリートの非常階段を駆けあがった。階段にはゴミがくるぶしまで積もっている。川を渡るようにその中を歩く。尿の臭いが強烈に鼻をつく。四階分の階段をあがったところで、フェニモアは死にそうになっていた。ホレイショからは一階分遅れている。

「早く！」

少年の厳しいささやきが彼を上へとせきたてる。五階の階段の上で彼のために非常ドアを押さえているホレイショの姿が、シルエットになって見えた。

「ここだ」ホレイショは薄暗い廊下を何歩か歩いて右側の最初のドアで止まった。彼のキーが鍵穴でガチャガチャ音をたてた。

フェニモアは一歩部屋に足を踏み入れて立ち止まった。突き当たりの壁からこっちを見ているのは彼の地下室にあったポスターだった。《医者》と題する感動的な場面の。

「母さん、ただいま。先生を連れてきたよ」ホレイショは、部屋全体を占領しているソファベッドに近づいた。「母さん！」と母親をゆすった。

フェニモアは彼を押しのけ、診察しようと身を屈めた。女性はぼろぼろの毛布やキルトやコートなど——どれもきれいに洗濯されていてかすかにショウノウの匂いがする——を積み上げた下に埋まっていた。唯一見えている顔は、赤らんで汗に湿っていた。息子にも遺伝しているゆたかな黒髪が、枕に広がっている。だがほかのすべての点で、彼女はコーク（アイルランド南西部の県）出身のアイルランド女性だった。一方ホレイショは、マドリッド出身の若き闘牛士という風貌だ。母親の名前はブリジェットだという。ブリジェット・ロペス。

「ロペスさん」

　彼女は目を閉じたまま、なにごとかつぶやいた。フェニモアはカバーの下に手をのばし、彼女の手を探した。火照っているのですぐわかった。脈を取る彼の指の下で、皮膚が燃えるように熱かった。彼女が咳き込んだ。そのたびに、カバーが震えた。咳がおさまるのを待って、フェニモアは紙袋を開けペニシリンを取り出した。「水をコップ一杯と、ボウルに氷を持ってきてくれ」彼は命じた。「氷は割って」

「なんで割ったらいい？」

「金槌でも、きみの靴でも、なんでもいい。氷はまずふきんに包んでから割る」

　ホレイショが部屋を出るとすぐ、フェニモアはベッドの上掛けを剥がした。女性はちゃんと服を着たままで、スラックスにセーターを何枚も重ね着していた。悪寒を防ごうと、むなしい努力をしたのだろう。そっと、だが着実に、彼は舌圧子を歯のあいだに差しこみ、口をこじあけた。小型の懐中電灯で喉と扁桃腺を見る。ひどく腫れていた。セーターをめくり、裸の胸に聴診器をあてた。思ったとおり、肺炎を起こしている。

「ザク、ザク」ホレイショはうまく氷を割っているらしい。

フェニモアは患者をうつ伏せにし、スラックスを下ろすと臀部に注射針を突き刺した。少年が水と氷を持ってもどってきたときには、母親はもとどおりちゃんと上掛けに包まれていた。

「ありがとう。それを置いて、手を貸してくれ。お母さんをすこし起こしたいんだ」二人がかりでなんとか上半身をななめにした。フェニモアはコップをとって彼女の口元に持っていった。唇はかさかさで、日に焼きすぎたようにひび割れている。彼女は目を開いて飲もうとしたが、それさえつらいらしく、水は顎を伝った。彼女は手で水をぬぐい、目を閉じてぐったり横たわった。もうちょっとしたら、もう一度試みることにする。

フェニモアは室内を見まわした。ベッド以外のところは、こぎれいで掃除がゆきとどいている。まるでゴミ砂漠のなかのオアシスだ。たったひとつの窓にかかった真っ白なカーテン。青と白のチェックのクロスをかけたテーブル、その上に置かれた果物の鉢。

突然、フェニモアは訊いた。「みんなはどこ？」

「え？」ホレイショは母親の顔から目を離さなかった。

「きみの弟や妹さ。どこにいるんだ？　どうしてお母さんの世話をしないんだ？」ホレイショは六人きょうだいだと聞いていたのだ。

「ああ」とホレイショは肩をすくめた。「きっと伯母さんちだ」

「それはどこ？」

「南十三丁目。伯母さんとこは庭つきのアパートでね」彼は目をぐるりとまわした。「似たような公営住宅だけど、植木鉢の置ける出窓と花壇がある。悪ガキどもが引っこ抜くからなにも植えられないんだけど、伯母さんはここより優雅だってさ。うちも引っ越してくればいいって。だれかが撃ち殺されるかヤクのやりすぎで死ねば、空きができる、伯母さんはそれを祈ってるんだ」

「その子たちのだれか、お母さんについてってあげられないのかね？」

「母さんはたぶん追い出すよ。子供にうつしたくないんだ。〝授業に出られなくなったら困る〟って。学校となると、うるせえんだ」

ひそひそした会話は、憔悴しきったロペス夫人の上でかわされていた。突然彼女は目を開いた。瞳は晴れ渡った海の色をしていた。息子のこげ茶色の目は、父親ゆずりなのだろう。夫のロペスは玄関ポーチに座っているとき、流れ弾に当たって死んだ。「新鮮な空気を吸いたがった罪で殺されたのよ」というのが妻の言い分だった。だから公営住宅に越してきたのだ。そのほうが安全だろう、と彼女は考えたのである。

「レイ、あんたなの？」

ホレイショは顔を寄せた。「ああ。医者を連れてきたよ。おれが働いてるとこの先生さ」

好奇心が彼女に力を与えた。彼女は首をまわしてフェニモアを見た。

「こんにちは、奥さん。じきよくなりますよ。ペニシリンの注射をしておいたから、もう効いてくるでしょう」(効き目があらわれるまでは、十二時間ていどかかるはずだが、効いてきたと思うほうが患者は気分がよくなる。)「さあ、ラット。もう一度水を飲ませてあげよう」

ホレイショが母の頭を持ち上げ、フェニモアがコップを唇に持っていった。今度は多少飲むことができた。コップの半分ほど飲むと、彼女はそれを押しのけて息子をにらんだ。「こんなとこで何をしてるの？　病気をうつしてもらいたい？」

ホレイショはほらねといいたげな視線をフェニモアにむけた。

「息子さんは正しいことをしたんですよ。あなたは重病です。だれかがあなたの世話をしないと」彼の話の最中に彼女は急に咳き込み、全身が痙攣した。咳がとまるとぐったりして、もう口を開こうとはしなかった。

フェニモアはペニシリンの錠剤をいくつか瓶に入れ、飲ませ方をホレイショに教えた。それから咳止め薬もひと瓶与えた。「これにはコデインが入っている。今茶さじ一杯飲ませ、また咳き込んだらもう一杯飲ませること。なるべく水分をとらせること。もし飲みたがらなかったら、氷を口にふくませてもいい。あの氷はフリーザーにもどしておいたほうがいいな」彼は診察器具をしまいはじめた。「明日の昼までに容態が落ち着いていなかったら、電話しなさい。入院させるから」電話はどこかと部屋を見まわした。

「ないんだ」

「この建物に公衆電話は？」

ホレイショは鼻で笑った。「置いたとたんに持っていかれるさ。でもちょっと先のデリにならある。売人が使うやつだ」

「よし。明日は学校を休みなさい。証明書が必要なら、学校からぼくのところへ連絡してもらえばいい」それから患者に声をかけた。「ロペスさん、明日は付き添って世話をするように、息子さんに頼んでおきましたからね。これは医者の命令です」

彼女は目も開けず、反対もしなかった。

「こりゃあ、よっぽど悪いぜ」ホレイショが驚いた顔をした。

「大丈夫、よくなる」フェニモアはうけあった。「ただし、ついてなきゃダメだよ」

「でも、あんたを送っていかないと」

「冗談やめろよ」彼は少年の言い方を採用した。「ぼくなら平気だ」

「あんたにはムリ」ホレイショは彼を観察した。「おれがいなくちゃ、ぜったいここらは歩けないね。まあ、ネクタイはしめてないけどさ」そういうとフェニモアのシャツのボタンを上から二つはずして中の白い下着を見せ、ジャケットの襟を立てた。それでもまだ満足せず、壁のフックから帽子をつかんだ――アンディ・キャップ（漫画の主人公、ロンドンっ子の労働者で平たいキャップをかぶっている）みたいなやつだ。「かぶってみな」

フェニモアはいわれたとおりにした。

「だいぶマシだ。じゃあ、そこまで送る」後へはひかない口調なので、フェニモアは反論をあきらめた。ホレイショはドアを開ける前に、ちらっと母親を振り向いた。彼女は穏やかに眠っているように見えた。一歩外に出るやいなや、彼はさっと通路の左右に目をやった。「行こうぜ」だが背後のドアをロックするのは忘れなかった。

二、三ヤードずつさっと走っては、立ち止まって耳をすました。コンクリートの壁に、口汚い罵声の応酬が炸裂した。たがいにヘロインを打ちあっている二人の子供のそばもとおりぬけた。壁にくっついて激しく抱き合う男女にぶつかりそうにもなった。三階の踊り場では大の字になった酔っ払いにつまずいた。このだれひとり、彼らに目もくれなかった。一階までくると、ホレイショがぱっとドアを開けた。今度もにおいを追うブラッドハウンドのように、鼻をひくつかせた。フェニモアもまた、べつの理由から――非常階段の悪臭をいくらか新鮮な空気に変えたくて――鼻腔をひろげた。

「大丈夫そうだけど」ホレイショがフェニモアを振り返った。「どうも気になるな。腰を低く、忘れんなよ」フェニモアの背中を優しく押した。

人気のない空き地を〝腰を低くして〟横切るとき、既視感《デジャ・ヴュ》に襲われた。こんなふうに這うように進んだのは、いつのことだったか？　そのとき思い出した――一九六九年、ベトナム。

16

毎年クリスマス前の土曜日に館を開放してドールハウスを陳列するのが、パンコースト姉妹の長年の習慣だった。ドールハウスは実物そっくりに、内にも外にも美しい飾りつけがほどこされる。ドアにはリース、客間のツリーには豆粒のような電球（実際に点滅までする）、マントルピースに下がった家族ひとりひとりの靴下。もちろんダイニングルームのテーブルには、昔ながらのローストビーフとプラムプディング（マリーが発泡スチロールを削ってみごとに色づけしたもの）が並ぶ。

シークレストの住人は、子供ばかりか大人まで、毎年このパーティをとても楽しみにしている。クリスマスそのものの次に重要な季節の催しといえば、これなのである。だが今年はあきらかな理由があって、姉妹はパーティを開く気分ではなかった。二人ともやめようと心を決めていた。

ある午後、玄関のベルが鳴った。キャリーだった。彼女は通りがかりに寄って、オープンハウスの接待に手伝いが必要かどうか、訊ねてみようと思ったのだった。

キャリーが二人の顔を交互にながめるあいだ、エミリーもジュデイスも無言だった。ついにジュディスが口を開いた。「そうねえ、今年はうちを開放するのはやめようと思っているのよ」

「やめる？　わあ、あたし、どうしよう？　子供たちがものすごく楽しみにしてるの。あたしがディスカウントショップでちょっとしたプレゼントを買ってやる以外には、このパーティだけがあの子達のクリスマスなんだもの。みんなドールハウスが大好きだし。きれいにライトアップされたドールハウスを見ないクリスマスなんて、クリスマスじゃないわ。いったい子供たちにどういえばいいんでしょう？」

エミリーは咳をして車椅子でもじもじした。ジュディスは指輪をいじくり、窓の外に目をやった。

「それにほかの人たちは？」キャリーは続けた。「町中の人が、ここのオープンハウスにやってくる。みんなすごくがっかりしますよ。みんなのクリスマスが台無しになっちゃう」彼女はいいすぎたのでは思い、急に口をつぐんだ。

エミリーはジュディスの顔を見た。「うちの不幸でみなさんのクリスマスを台無しにするのは、わがままかもしれないわねえ」

ゆっくりとジュディスがうなずいた。「みなさんを――とくに子供たちを――拒否するように見えるのは確かだわ」

「まあ、ジュディスさん！ エミリーさん！ ありがとうございます！ 心配いりません。あたしが全部やります。リストだけくだされば。食料品の買物もするし、テーブルのセッティングも、もしよかったらツリーの飾りつけも……」

姉妹は礼をいい、計画がかたまりしだい電話すると約束した。二人は窓からキャリー——小躍りしながら小道を遠ざかっていった——をながめ、これでよかったのだと納得しあった。

フェニモアはパンコースト姉妹からクリスマスカードを受け取ったとき、それが恒例のオープンハウスへの招待状でもあることを知って、びっくりした。去年はジェニファーと一緒に出席して、楽しいひとときを過ごしたが、今年はまったく事情がことなるのだから。しかし、もちろん彼は行くつもりだ。パンコースト一家のメンバーをつぶさに観察するには、絶好のチャンスだろう。ジェニファーはまだフランスにいるので、ドイル夫人を連れていくことにした。

二人がパンコースト家に到着すると、長い車寄せはすでに車でいっぱいで、表通りに車をとめなければならなかった。ドイル夫人は飾りつけに胸をときめかした。どの窓にも、白い実のついたヒイラギに囲まれて、白いキャンドルが一本ずつ灯っている。ドアには、松の枝を白いサテンのリボンでたばね、いくつもの松ぼっくりを下げたリースが飾られている。いつもの赤が白に変わっているのは、最近亡くなった家族のメンバーを悼んでのことだろうと、フェニモアは推測した。

彼が押すとドアは開き、装いをこらしたドールハウスが置かれている中央階段の手前にむかって、長い人の列ができているのが見えた。目の前の若い女性が振り向いた。キャリーだった。

「いらっしゃい、先生」キャリーはにっこりした。「子供たちをさきにぐるっと案内するところなの、あたしはあとでお茶をお出ししなくちゃいけないから」

彼女の弟や妹たちはみんな、顔や手をきれいに洗って髪をとかしつけ、この日のための晴れ着を着ていた。それにお行儀も最高だった。みんな我慢強く姉の前に並んでいて、興奮しているとしても、ときどきまだ姉がちゃんとうしろにいるかどうか振り返る顔にそれがあらわれているにすぎなかった。

列はゆっくりと進んだ。待つあいだにフェニモアはキャリーをドイル夫人に紹介したので、二人はおしゃべりを始めた。ドイル夫人が看護婦だとわかると、キャリーの顔がぱっと輝いた。「わあ、あたしがなりたかったのは、看護婦なのよ」

「どうして過去形なのかな」フェニモアは訊いた。

キャリーの笑顔が消えた。「だって、もう無理なのよ——母が……ちょっと……病気になったから」

「でも、自宅でできることもあるのよ」ドイル夫人がいった。「たとえば、通信教育とかね。わたしも最初はそこから始めたの」

フェニモアは自分の看護婦を見つめた。そんなことは初耳だった。

「父親が持病もちだったから、わたしも家を空けられなくてね。通信教育講座の案内書を送ってあげようか」

「ほんとに、ドイルさん？　すごくうれしいわ」それから不安げな顔でフェニモアを振り向いた。「警察が三度もわたしのところへ来たんですよ、先生。感謝祭の日にあたしが台所にいたことを、しつこく繰り返して……」

「バカなことを！」フェニモアが大声を出したので、何人かが振り向いて彼を見た。

「心配いらないよ。帰る前に、ぼくが警察に注意しておくからね」

ようやくドールハウスに近づいた妹や弟たちが「見て、わあ、かわいいツリー！」

「ちっちゃな靴下だね！」「あのプラムプディング見て！」と騒ぐので、キャリーの注意はそっちへそれていった。

つぎに彼らの前にあらわれたキャリーは、フリルつきのエプロンをかけ、お盆にのせた色とりどりのクリスマスクッキーをすすめてくれた。「きれいなクッキーでしょ？」

彼らが一個ずつ取ると、彼女は先へと進んだ。

「いいこね」ドイル夫人はいった。

フェニモアはキャリーの母親の病気がなんであるかを話した。

看護婦は首を振った。「すぐに案内書を送るわ。うちで基礎知識の勉強を始められるし、実地訓練は後でやればいいんですもの。あのこはきっといい看護婦になる。絶対よ。いい感覚をもってるもの」

「先生、ちょっといいでしょうか？」高校教師のアダム・ターナーだった。

「もちろん。どうしました？」

「警察なんですが。昼も夜もつきまとうんですよ。仕事にも支障が出ています。それにスザンヌはもう弱りはててまして」

「おまけに子供たちまで質問攻めにされてますの」スザンヌが同調すると、そばのプチフールを頬張っていたアマンダとタッドがうなずいた。

すくなくとも、キャリーだけが容疑者というわけではないらしい。フェニモアはほっとした。そしてひそかに、警察がちゃんと仕事をしていることを喜んだ。「午後に警察に話をしに行く予定ですから」事実だが、目的はべつにあった。

「それはありがたい」アダムがいった。

パーティが進行するあいだに、フェニモアはパンコースト家の一人一人から言葉をかけられたが、出席を拒んだマリーだけはいなかった。エドガーもミルドレッドもジュディスもエミリーも、ひっきりなしに地元の警察が押しかけて質問することを、口をきわめて非難した。しかもかならずといってもいいほど、とんでもない時――夕食どきや睡眠中、あるいは入浴中など――にやってくるというのだ。いちばん激しい怒りをぶつけたのはミルドレッドだった。ぼろぼろになった神経を休めようと、バブルバスにつかって自分の天宮図を調べようとしていたら、こともあろうにどこかのおまわりとマヌケ面の助手がベルを鳴らし、彼女がいったことを一語一句書き留めていった、という。ドレッシングガウンを羽織る暇もないうちに、ずかずか入ってきたのよ。おまけに信じられる？　子供たちまで尋問したんだから。法律で禁止するべきよ。

弱りきってフェニモアはいった。「彼らは法律を執行しようとしているんですよ、みなさんは喜ぶべきです」険悪な表情で、ミルドレッドは悠然と立ち去った。今日はとても色うつりのいいピンクのショールが、彼女の喪服を明るくしていることに、フェニモアは気がついた。

「彼女、なにか問題があるんですか？」ドイル夫人は訊いた。

彼は話して聞かせた。「シークレスト警察に電話をかけに行くけど、ここにきみを一人にしてもいいかな。捜査の進み具合を知りたいんだ。すぐにもどるよ」

「どうぞどうぞ。一人で楽しんでるわ」

ドイル夫人は社交的なたちだった。何分もたたぬうちにパンコースト一家の全員と言葉をかわし、彼ら一人一人について彼女なりの意見を持った。だれひとりとして、殺人犯には見えなかった。だがそのとき、もっともそれらしくない人物こそ殺人者の範疇に入るのだ、と気がついた。判断は保留にして、もう一杯パンチを飲むことにした。パンチボウルはドールハウスに続くホールに置かれている。その甘ったるさを残念に思ったのは、今日これで二度目だった。ウォッカかラムでも垂らせば、俄然味がよくなるのに。

（それより彼女がほんとうにほしいのは、冷えたビールだった。）

ドールハウスの行列はとっくに消え、子供たちが数人のぞきこんでいた。彼らは厳しく〝見るだけよ、触っちゃダメ〟と言いつけられているのだ。突然、子供の一人が鋭い声をあげて屋根裏部屋を指差した。なにごとかとドイル夫人は近づいた。

屋根裏部屋は細部まで彫刻家のアトリエふうにしつらえてある。天井のちいさな明り取りの下には、さまざまな段階の彫刻のミニチュアが並んでいる――完成品から制作途中のもの、手をつけはじめたばかりのものなど。金槌、鑿《のみ》、トーチランプといったちいさな工具が、木製ベンチのうえにきちんと置かれている。ベンチのそばの床には、長い白い上っ張り――彫刻家が作業中に衣服を汚さぬように着るたぐいの――を着た人形らしい木製のものが横たわっていた。もっと顔を近づけて見ると、その人形は洗濯ばさみであることがわかった。洗濯ばさみの隣には石膏像――だれかの胸像が――ころがっていた。だれだかわからなかったのは、それがまっぷたつに割れていたからだ。彼女は声をあげたちいさな男の子を振り返った。「あなたがやったの?」

男の子は下唇を震わせた。「ちがう。ほんとだよ。ここに来たら、こうなってたんだ」ほかの子供たちも、その子のいうとおりだと力をこめてうなずいた。

「そう、悪かったわね」ドイル夫人は、マリー・パンコーストが彫刻家だとフェニモアがいっていたのを思い出した。そういえば、一家のメンバーで彼女がまだ会っていないのは、マリーだけである。彼女は階段を駆けあがった。だれかに会っても、バスルームを探しているといえばいい。二階でだれにも会わなかったので、さらにあがった。階段をあがりきり、閉じられたドアの前に立ち止まった。ノブに〈邪魔しないで〉というちいさな札が下がっている。おめおめ引き下がるたちではないドイル夫人は、思いっきりノックした。答えがない。もう一度ドアをたたいて呼ばわった。「パンコーストさん?大丈夫ですか?」

ドアがさっと開いた。「字が読めないの?」マリーがにらみつけている。

「まあ、申し訳ありません……」

「どういうご用?」

「下でお見かけしなかったので、もしかして……」

「わたしはちらっと顔をだすだけ、と義姉たちにいっておいたはずよ。パーティだなんて、どうかしているわ——こんなときに。かまわなければ、わたしは作業にもどります」たたきつけたわけではないが、ドアはかなりぴしゃりと閉じられた。
ドイル夫人は顔を赤らめて退却した。

17

ドイル夫人は一階に降りると、フェニモアを探した。彼はまだ町からもどっていなかった。客はだいたい立ち去り、夕闇が迫っていた。ビーチボールほどもあるオレンジ色の月が海からのぼってくるのを、彼女は窓ごしにながめた。月に気づいた者は、ほかにはだれもいないようだ。一年中こんなところに住んでいると、美しいものもあたりまえになってしまうのだろう。彼女の物思いは、お茶はいかがというジュディスの声にさえぎられた。

「いただきます」

姉妹はフェニモア医師の診療所に通っていた関係で、ドイル夫人のことは昔から知っているし好きだった。すぐに、三人は客間のすみにここちよく座りこんで、おしゃべりを始めた。片づけをすませたキャリーが帰り際にやってきて、ドイル夫人に住所を教えた。通信教育講座の案内を忘れずに送ってほしい、と念をおした。

「何を送るんですって？」耳が遠くなっているエミリーは、話をところどころ聞き漏らしてしまう。

ドイル夫人は、看護婦になりたいというキャリーの望みを話して聞かせた。

「うまくいくといいわね。わたしは医者になりたかったけれど、父にわかってもらえなかったの」

「もう時代がちがうわ、エミリー」ジュディスがいった。「女性もしたいことをする時代よ」ドイル夫人はその声に羨望の響きを聞き取った。

妹がお茶を注ぎ足しに部屋を出ると、エミリーが声をひそめた。「ジュディスは昔、船乗りと婚約していたのよ。でも父が結婚を許さなかった。ジュディスはハートを引き裂かれたも同然だった」

ジュディスがポットを手にあらわれると、エミリーはいった。「マリーもお茶に誘ったほうがいいんじゃないかしら」

「あの方は邪魔されたくないと思いますよ」ドイル夫人は懸命にいった。

「そうよね。作業中なのを忘れてた」

「昔だって、女はみんな家にとじこもっていたわけじゃないわ」ジュディスがさっきの話題にもどった。「先祖に一人、夫と一緒に海に出た女性がいたじゃありませんか、ね、エミリー？」

「そうそう。レベッカ。彼女は日記をつけていたのよ。屋根裏のどこかにあるわ。海賊や叛乱の話がでてくるの。彼女はあのルビーを持ち帰った一人で——」

だが、ジュディスのルビーの物語は、フェニモアの帰還にさえぎられた。彼は長く席を外したことを詫びた。ドイル夫人は彼の注意をひきつけるとすぐに、ドールハウスのひと幕のことを話した。

「今、マリーはどこに？」彼は室内を見まわした。

「アトリエよ」

彼は彼女に鋭い視線をむけた。

「いいえ、大丈夫。わたしが調べたの。彼女はちゃんと生きていますよ」ドイル夫人はさっきの応対を思い出して赤くなった。

「しかし、ぼくも見てこよう」フェニモアは大急ぎで部屋を出た。

「頑張って」とドイル夫人はうしろから声をかけた。

フェニモアはホールで立ち止まって、ドールハウスのアトリエに仕組まれた場面を念入りにながめた。それから階段を二段跳びで駆けあがった。

三階まで行くと、ドイル夫人とまったく同じ手続きを踏んだ。だが彼女のときとちがって、彼のノックには返事がなかった。ノブに手をかけた。ドアは開いた。室内は輝いていた。電灯でではなく、月光が天窓から降り注いでいたのだ。昔の映画のように、すべてが黒と白の世界だった。

「パンコーストさん？」彼の目が神経質に部屋を見まわした。たぶん彼女は帰ったのだろう。中に入ると彼女の姿が目にとまった——作業ベンチのそばで大の字に倒れている彼女が。頭のわきに白い胸像がころがっている。まっぷたつに割れたその胸像に、黒いものが飛び散っている。彼は手探りで電気のスイッチを探した。スイッチが見つかったとたん、黒いものは赤く変わった。

……そして火ばさみとシャベルで叩きのめした――
バン、バン、ビシッ、ビシッ！

――ベアトリクス・ポター作「２ひきのわるいねずみのおはなし」より

18

突然の光の中で、フェニモアは目をしばたきながら立ちつくした。これ以上は何をする権限もない。これは完全に警察の仕事である。〝家族の探偵〟としては、何一つ触れることも調べることもできない。彼は戸口へと行きかけた。だが〝家族の主治医〟としてなら、マリーの生死を確かめる権利がある。すでに答えはわかっていたが、屈みこんで脈をとった。ない。振り向くと、胸像が落ちた棚が目にとまった。片端がはずれてぶら下がっている。止めてあった釘が、ヘラクレス（だか、だれだか）の重みに耐えかねて、壁から外れたのだろう。汚れて反った棚は、この館が建てられたときからあったもののように見える。だが釘は曲がっても錆びてもいない——金物屋から買ったばかりのように真っ直ぐでピカピカだ（もし彼が警察の一員だったら、そっと釘を抜いてポケットにいれただろう）。そうする代わりに食い入るように釘を見つめて、形、寸法、色合いを記憶にとどめた。

遺体に目をもどすと、倒れている角度を頭に永久保存する。なにか犯人の遺留品はないかと、一度部屋を一回りする。最後に彼の目がひとつの彫刻に止まった。マリーが制作中だったものだ。男性像。青灰色の石から男の上半身が彫り出されている。今帆をあげようとする船乗りのようだ。船乗り帽をかぶり、ロープを引っ張るように腕を上に伸ばしている。

その様子はフェニモアにある人物を連想させた。

「先生？」ドイル夫人が下から声をかけた。「なにごともありません？」

彼はぱちっと灯りを消してドアを閉め、返事をしに階段を降りた。

警察が去り、残りの家族に事情が告げられ、二人の姉妹に鎮静剤が与えられると、フェニモアは二人きりで話をするためにドイル夫人を書斎に連れていった。彼女自身が鎮静剤を飲みたいくらいだった。彼女は悲劇を完全に自分のせいだと感じていた。

「ああ、先生、わたしがついていれば。せめて下に行きましょうと誘っていれば——アトリエから引き離せばよかったのよ。わたし、どうしてあんなにやすやすと——」彼女は両手で顔をおおった。

「まあ、まあ」彼は彼女の肩をたたいた。「きみのせいじゃない。きみがあそこにいようといまいと、いずれあの胸像はマリーの上に落ちたんだ。でも、もし自分に責任があると言い張るのなら——」彼の目がキラリと光った。「つぐなう方法はあるよ」

ドイル夫人は弱々しく目を上げた。

「海岸で休暇をとったらどうだろう？」

「十二月に？」

「うん」

「でも、診療所が……」

「なんとかなるさ」彼は勇敢にも嘘をついた。

「着替えもないのに……？」

「きみとジュディスはサイズがだいたい同じだろう。ぼくがきみの衣類を持ってくるまで、彼女に身の回りのものを貸してもらえばいい」

「ウールのスラックスと、長いももひき二枚と、フランネルのジャケットが要るわ。それから、寝室用のスリッパと……」彼女は財布をかきまわしてアパートメントのキーを捜した。

「水着はどう？」

彼女は敵意のある目をむけた。「わたしのカラテ教室はどうなるんです？」

「ぼくがなんとかする」彼は快活にいった。

「先生が？」いかがわしいものでも見るように彼をながめた。フェニモアの運動能力には定評がない。あるのはべつの分野である。

「ぼく個人が、というわけじゃない」と安心させる。「代役に心当たりがあるんだ」

ドイル夫人は身構えた。「それはだれなのかしら」

「ちょっと知ってるやつさ」軽くいなす。

ドイル夫人は目を細めた。フェニモアはそっぽをむき、古いシークレストの地図に夢中のふりをしている。

「まさか！」彼女は彼のうなじに声をかけた。「まさかあなたは、あの……あの……かよわい老婦人たちに――」声が一オクターブ跳ねあがった。

「ふーん、じゃあ彼女たちはかよわいわけか。ぼくはまた、かなり頑強かつ敏捷だと思ったが――」

ドイル夫人はこわい顔をしたまま。

「あいつは、武道はかなりやったといってたよ」

「いいそうなことだわ――」

ドアに軽いノックが聞えた。「ドイルさん？」ジュディスだ。

「ここに残る口実は？」ドイル夫人は不安げにささやいた。

「お願いしたいことがあるの」ジュディスの声が大きくなった。

フェニモアがドアを開けた。

「エミリーの入浴の時間なの。今の姉の腰の状態だと二人がかりなのよ。いままでマリーに頼んでたんだけれど……」

フェニモアはいった。「なんなりと彼女に、どうぞ、パンコーストさん」

ドイル夫人は彼にキーを渡した。「大切なスミレに水をやるのを、忘れないでくださいよ」厳しくいった。

彼女が部屋を出る直前に、彼はささやいた。「看護婦の仕事の合間に目と耳をフルに活用して、変わったことがあったらすぐ知らせてほしい」

有能な看護婦が客間にもどるのを見送るうちに、気分が高揚してきた。現場にドイル――ときとしてワトスン役を演じてくれる――を残しておけば、殺人犯を見つける可能性も高まるというものだ。

シークレストを離れる前に、フェニモアは酒場に寄った。スコッチを飲みたいわけではなかったが、一杯注文した。マリーの彫刻の船乗りが何者なのか、見当がついていたのだ。彼は帆を上げるよりも酒を注ぐほうが気楽らしくみえた。

「よう、ドク！　丘の上じゃ、また事件があったんだってな」フランクは詳しく聞こうと待ちうけた。

フェニモアはマリーのことを話しながら、つぶさにバーテンダーを観察した。彼はカウンターに両手をついて寄りかかっていた。あきらかに気落ちした様子だ。個人的な喪失感か――それともたんなる金銭的なものか？　マリーは彼にモデル代をたっぷり払っていたにちがいない。

「彼女は亡くなる前に人物を彫っていた。あれはきみかい？」

「ああ。ある日おれに、ポーズをとってもらえないかといいに来たんだ。服を着たままだよ」彼の顔がほんとうに赤くなった。「彼女の姿を見て、びっくりしたね。ここへはぜったい来ない人だったから。ハイスクールが一緒だった。パンコーストと結婚する前だけどな。しかし、お高くとまったりはしなかったよ。町で会うと、いつも立ち話くらいはした。クラス会にも一度来たことがある。とにかく、彼女は船乗りを彫刻しようと思いついて、おれの体格がぴったりだと思ったんだ」ふたたび彼は赤くなった。「彼女には事件だのなんだのいろいろあったから、おれは彼女をがっかりさせたくなかった。だからこういったのさ、〝かみさんがいいといえば、かまわないよ〟。モデルは二、三度つとめればいいという話だった。彼女は何枚もスケッチした。だが、いよいよ石を彫る段階になると、もうおれは必要ないと説明された。彼女はカネを払うといったが、おれは何も受け取る気はなかった。すると今日の午後、かみさんが電話かけてきて、マリーさんが大きなクリスマスバスケットを家に届けてくれた、というんだ――果物やキャンディやチーズのいっぱいはいったバスケットをね。考えられるかい？　彼女はおれたちのことを――さんざん辛いことがあるのに、思ってくれてる……くれてたなんて」彼はいそいで目をこすった。

フェニモアはじっとスコッチを見つめた。

「パンコースト一家はいい人たちばかりだ」バーテンダーは最後にそういった。

「ああ、ほんとだ」フェニモアは同意した。そして内心で補足した。「一人をのぞいて」

フェニモアはフィラデルフィアにもどる前に、もう一カ所に立ち寄った。〈ベンのヴァラエティストア〉。中に入ると、ちいさなブロックの建物に詰めこまれた品数の多さに、いつも圧倒されてしまう。床から天井までの棚に、台所用品から事務用品、金物から化粧品まで、あらゆるものがぎっしり詰まっているのである。さっとながめただけでも、コーヒーグラインダー、フライパン、スパイラルノートにメモ帳、レンチにドライバー、クリームとマニキュア液などが目についた。仕入れ担当者は天才といわねばなるまい。ベンが自分でやっているのかどうか、フェニモアは疑問だった。

全体としては乾物の匂いがしみこんでいて、若いころよく利用した店を思い出させる。その店はとっくになくなってしまった。シークレストに来ると、フェニモアはいつも何かしら口実を見つけてベンの店にやってくる。今回は、すでに口実ができていた。薄暗い倉庫の部分でベンがなにやらかきまわしている音を聞きつけ、フェニモアは混み合った棚のあいだを奥へ進んだ。ネジ釘をよりわけているベンの姿が見えた。

　フェニモアは咳払いした。

　ベンが彼に目をとめた。「ああ、先生か」

「釘のコレクションを見せてほしいんだが」

「こっちだよ」ベンは陰気な暗がりを通って隣の通路に彼を案内した。ベルトからちいさな懐中電灯を外すと、釘類に光をあてた。

　フェニモアはそれらを注意深く調べた。膨大な種類の釘がそろっていたが、どれもマリーのアトリエにあったものとはちがっていた。彼は眉をひそめた。「シークレストに、釘を売ってる店がほかにあるかな？」

　ベンは鼻をならした。「ダイムストア。安物だけどな。見ただけで曲がっちまうようなやつだ。ユーゴスラヴィア製さ」ぱちっと懐中電灯を消した。

「いま開《あ》いてる？」

「いいや。五月一日までは閉店だ。観光客がくるまでは」

「とにかく、ありがとう」

「ふん」

　フェニモアは手探り状態で外へ出ながら、この店の客はどうやってほしいものを見つけるんだろう、と不思議だった。

十二月二十二日　ミルドレッド・パンコーストの日記

マリーが亡くなった。しかも殺人者は、ドールハウスの人形を使わずにそのシーンをセットしていた。彼（彼女？）は洗濯ばさみを使ったのだ。かわいそうなマリー、スモックを着せた洗濯ばさみですまされるなんて。犯人が洗濯ばさみで間に合わせるつもりなら、人形を埋めても無駄だった。洗濯ばさみならどこにでもあるのだから。家中にころがっている。それに金物屋にも。スーパーマーケットにだって。わたしももう安全ではない。犯人はいつでもわたしの人形を作ることができる。明日にも。今日にも。もしかしたら、今作っているかもしれない。ああ、どうしよう！

19

フェニモアは夜中に何度も目が覚めたせいで、寝坊をした。診療所に入ると、ホレイショがもう、毎月の請求書を封筒に入れて切手を貼っていた。

「みんなやけに早いじゃないか」フェニモアはあくびをした。

「みんなじゃないぜ」ホレイショはサールを顎でしゃくった。猫は仰むけになって四足を長々とのばしている。まるで寝ているうちに死んで死後硬直が始まったみたいだ。

「それにドイルはどこだよ？」少年は、部屋の中央に玉座のようにでんと置かれた無人のデスクに、非難めいた視線をなげた。

「ドイルさん、だろう」

「このごろ、女はみんな〝ミーーズ〟とかつけるんじゃなかったけ？」

「そのとおり。ただしドイルさんは例外」

「ふん」

「ドイルさんはしばらく出張だ。シークレストにいるぼくの患者さんのお世話をする」

ホレイショは顔をしかめた。「ここの仕事はだれがやるんだ？」

「ぼくらでなんとかするさ。お母さんの具合はどう？」フェニモアは最初の夜の往診以来何度か往診も重ね（昼間にだが）、ロペス夫人の病状を詳しく観察している。

「いいよ。治療がすごく効いてる。またおれに小言をいいだしたから」

フェニモアは体を屈めてサールをなでた。彼女は死体のポーズから立ちあがって、彼の左足のそばで丸くなっていた。彼は体をのばすといった。「提案があるんだけどね」

ホレイショは油断なく目を上げた。この雇い主の提案は、いままで悲惨な結果におわることが少なくなかった。

「きみは武道を学んでいる、と前にいわなかったっけ？」

「学んでなんかいないよ。ちょっと型を知ってるやつがいて、放課後そいつと裏庭で練習してるだけさ」

「やってみせてくれないか」

「ここで？」ホレイショはちらかったオフィスをバカにしたように見まわした。

フェニモアは地下室のドアを開け、大きく手を振っていった。「さあ、どうぞ」

仕事の中断ならいつだってうれしいホレイショは、それに従った。

地下室はこのあいだのヤードセールのおかげで、ひんやりして清潔で人待ち顔だった

――トレーニングやカラテの型の披露にはうってつけだ。ホレイショはいくつか型をフ

ェニモアに見せたあと、実戦の姿勢をとった。黒い瞳がキラリと光ると、彼の左足がすっと前に踏み出され、もちあげられた右膝がまっすぐフェニモアにむけられた。

「ちょっと待て」フェニモアは恐怖に襲われて動けなかった。「それはなんという型?」

「うしろ回し蹴り」

フェニモアはあとずさりした。

にやりとしながらホレイショは足を下ろした。

地下室の床にうつ伏せに倒れた自分の幻影は、徐々に消えた。

二人で階段を上りながら、フェニモアはホレイショにいった。「きみでいい」

「いいって、なにが?」

「ドイルさんの代わりさ」

ホレイショは階段の途中で振り向いた。「あの書類を全部おれにやれっていうのか?」

「いや、そうじゃないよ」フェニモアはなだめにかかった。「書類の始末をきみに頼もうなんて思ってもいない」彼はぴったりと地下室のドアを閉めた。「きみにやってほしいのは、カラテ教室だ」

恐怖の表情をうかべるのはホレイショの番だった。「あのキーキーギャーギャーいう女たちの？」

フェニモアはうなずいた。

「よくいうぜ」

この反応を予測していたフェニモアは先へ進んだ。「あれが見えるかい？」デスクのガラス鐘の下で真鍮の胴体を光らせている顕微鏡を指差した。父親から譲りうけたもので、父親の前には祖父が使っていた。ホレイショがひそかにこれに憬れているのを、フェニモアは気づいていた。一度どうやって使うのかと訊かれたことがあったが、そのときは忙しくて教えてやれなかったのだ。「このあいだ、古いスライドが何枚か出てきてね。見方を教えてあげよう」

すぐに賄賂だと見抜いて、ホレイショは断った。「いらないよ」

フェニモアはつぎに遠心分離機を指差した。ホレイショがこれで遊んでいたのも、一度目撃したことがある。チューブに水を入れて回していた。「ほら、一滴もこぼれないだろ」フェニモアが入っていくと、彼はそう説明した。そのときは気にもとめなかったが、今はこれが頼みの綱だった。「どうやって尿のサンプルを分離させるか教えよう」

「遠慮しとく」ホレイショは熱心に封書作りと切手貼りを続けている。

なにかもっといい餌が見つかるまで、この話は保留にすることにした。フェニモアはお気に入りの肘掛椅子に座って、アメリカ医師会報の最新号を読みはじめた。心臓移植の記事に熱中するうちに、一時間が過ぎた。目を上げると、ホレイショは仕事をすませて帰っていた。土曜日は正午までという取りきめである。フェニモアが昼食をどうしようか悩んでいると、電話が鳴った。

「心電図も入れてもらえるかな」聞き慣れた声が訊いた。

「なんだって？」

「ほら——顕微鏡と遠心分度機にさ」

「遠心分離機」

「それそれ。心電図の読み方も教えてくれる？」

「読めるようになるまでに、ぼくが何年かかったと思う？」

沈黙。

「十二年だよ。きみの一生の三分の二以上だ。それでもまだ、勉強してる」

「むずかしいことはいいんだ。基本だけ」

「基本だけ、か」突然ある考えがうかんだ。だれかに心電計をセットしてもらって患者の準備ができれば、たしかに助かる。技師を雇うほどの経済的な余裕は。あったためしがない。技師の賃金は高すぎる。

「早く、頼むよ！　これ、売人の電話なんだ、うしろでカリカリしてる」

フェニモアはふーっと溜息をついた。「わかった、ラット、手を打とう」

「でもあのばあさんたちがおれに怪我させたりしたら、訴えるからな」ホレイショは警告した。

「大丈夫だ。もしあのかわいらしいおばあちゃまのだれかが、きみの髪一本でも抜いたら、ぼくが――ぼくが学費を払ってきみを医科大学に入れるよ」彼は腹の底から笑った。

笑いが鎮まったとき、少年は静かにいった。「それで決まりだ」

20
一月

年が明けた最初の日、フェニモアは車でシークレストに出かけた。彼とサールで過ごした自宅での大晦日は、なかなかのものだった。遅くまで起きていてタイムズ・スクエアにちいさなボールが落ちるのをながめようと決めていたのだが、その興奮の一瞬がくる前に二人とも眠ってしまったのだ。したがって、今朝のフェニモアには二日酔いもなかった。パンコースト姉妹にも、訪ねることは告げていなかった。びっくりさせたかった。さらに彼女たちの驚きを増すために、町に車を止めて館まで丘を歩いてのぼった。霧が出て雨も降っていた。新しい年に踏み出すには、ぱっとしないことおびただしい。傘がないので、フェニモアはコートの襟を立て、帽子のつばを引き下げた。滴《しずく》が首筋にしたたり、靴に水がしみこんできた。

ピシャ、ピシャ。ピシャ、ピシャ。

館の裏の戸口から入ることにしたので、茂みに身をかがめ壁づたいに庭まで走った。いったおまえは何を証明するつもりなんだ、フェニモア？　人間、ヤケになると、ヤケッパチな行動にでるものなんだ。彼は自分に言い聞かせた。彼は館を背にして立ち、海を見渡した。すくなくとも、そっちの方面をながめた。すっかり霧に覆われている。だが波音は聞えた。そのとき彼の視野の隅をなにかがさっとかすめた。彼は振り返った。あまりにも霧が深く、館は完全に呑みこまれている。聞こえる音といえば、絶え間ない雨の滴りとやさしく波が寄せる音だけ。

彼は何かが飛び出した茂みにむかって、ビシャビシャ音をたてながら進んだ。帽子が木の枝に引っかかり、どっと雨水が降り注いだ。むきだしの頭に雨のシャワーを受けながら、立ち止まって耳をすました。

小枝の折れる音。

音の方向をのぞきこんだが、何も見えない。それっきり音はやんだ。バカバカしくなって、館のほうにむかった。階段を上ろうとしたとき、何かが彼の背中をかすめた。ぱっと振り向く。人影が館の横手へ走って行く。フェニモアは彼の——それとも彼女の？——後を追った。ちらっと彼の目に入った人影は、長いレインコート、レインハット、それに長靴という完全武装だった。性別や体つきなどわかるわけがない。フェニモアはスピードを上げた。だが館の表にたどりついたとき、人影はどこにもなかった。濃い霧のために、表の芝生の樅の木がかろうじてぼんやり見えるだけだった。どうしようもない。だれにしろ、消えてしまった。

ゆっくりと館の裏にもどった。裏口に手をかけると、簡単に開いた。三人殺されても、パンコースト姉妹はまだ裏口に鍵をかける気にならないらしい。首を振りながら、彼は中に入った。

館は人気がなかった。消去法で庭にいたのがだれかを特定できれば、と思っていたのに。パンコースト一家が中に集まっていれば、雨の中にいたのは彼らのうちのだれかではありえない。だが、館には誰一人いない。どこに行ったのだろう？　彼はダイニングから玄関ホール、応接間へと歩いてみた。だれもいない。雨と霧で、館はいつもよりもっと暗かった。パンコースト姉妹は倹約家だから、ホールのテーブルのランプ一つしか点していない。

フェニモアはニードルポイントのソファに腰を下ろそうとしたが、びしょ濡れであることを思い出してやめた。ぶらぶらホールに行って、ドールハウスをながめた。これも薄闇に包まれている。姉妹はこれのホールの明かりはつけ忘れたようだ。彼女たちでも、かわいい人形遊びを忘れることがあるのだ。もっとそばまでいってよく見た。たぶん謎の答えは、この壁の内側にある。彼は手探りで電気のスイッチを探した。彼がミニチュアの家を探っているあいだに、パッと部屋が明るくなった。

フェニモアは振り向いた。

「ここはすんだ、と」壁のスイッチに手をおいたアダムが、すぐそばに立っていた。

「きみの足音、全然聞えなかったよ」

アダムは足元に目をやった。「スニーカーですから」

「みなさんはどこ?」

「うちですよ。新年はいつもスザンヌがみんなを呼ぶんです」

「きみは?」

「しばらくはあっちにいたんですがね。なんだかムズムズしてきて。せわしなく動いてるのが好きなんです。暖炉を直しに来たんですよ。ところで、先生はここで何をしてらっしゃるんです?」彼は不審そうに訊いた。「捜査ですか?」

フェニモアはちょっときまりが悪くなった。「どうやらそんなところですかな」

「どうぞご遠慮なく。何かあれば、ぼくは地下室にいますから」

フェニモアは台所に入った。ドアのそばのいすの上に、濡れたウィンドブレーカーと庇つきのキャップが置いてあった。アダムが着ていたものだ。長いレインコートやレインハットやブーツは影も形もない。あの謎の人影は、雨だからパンコーストの庭を通って近道しようとした近所の人間かもしれない。

フェニモアはずぶ濡れになりながら車にもどった。

21

二月

　恒例のヴァレンタインのお茶会はやめようと姉妹がきめたとき、反対したのはキャリーではなく、肉屋のおかみさんビーズリー夫人だった。ビーズリー夫人はシ《S》ークレスト高齢《S》市《C》民協会《S》の会長で、毎年二月にバスをチャーターして会員を海岸まで連れてくることになっている。

「まあ、パンコーストさん――」

　電話に出ているのはジュディスだった。

「――会員のみなさんがどんなにがっくりなさることやら。もうヴァレンタインのプレゼントを作った方もあって、お茶会でそれを交換するのをとても楽しみにしてるんですから。お二人が撤退なさるんだったら、わたしはみなさんにどういえばいいのか――」

　ビーズリー夫人の言葉の選び方が不運だったのだ――ジュディスにとって。彼女は生まれてこのかた〝撤退〟などということはしたことがなかった（婚約だけはべつだが、それは彼女のせいではない）。

「みなさん、何週間もハートをそこへしぼりこんできたんです」ビーズリー夫人は自分のたよりないジョークに笑い声をたてた。

「でもねえ、ビーズリーさん、このところうちではいろいろ事件があったでしょう——」

「ええ、知ってるわ。ほんとにひどい事件。町中がその話でもちきり。犯人はわかったんですか」

ジュディスは受話器にむかって顔をしかめた。「いいえ」それからあわてて付け足した。「でも警察が懸命に捜査してるわ」

「ちっ、ちっ。いやな仕事ね」この発言の後に気まずい沈黙が続いた。

「まあ、姉とも相談して、きまったらお知らせするわ」

「ええ、ありがとうございます、パンコーストさん」彼女はふたたび声をとりもどした。

「このお茶会がどんなに重要か、それだけはわかっていただきたくてね——」

「ええ、ええ。わかってるわ。さよなら」受話器を置くと、溜息をつくのはジュディスの番だった。

「だって、もう決めたじゃないの」エミリーはドイル夫人と一緒に台所のテーブルをせっせと磨いていた。パンコースト姉妹は、勤労こそ不幸に対するいちばんの薬だと、堅く信じていた。

「それはそう。でもみなさんをがっかりさせるのはイヤなのよ。とくにお年寄りはね。楽しみに待つことって、あまりないでしょ」自分もエミリーも〝お年寄り〟の範疇にはいることは、いっこうに自覚していないらしい。

「お手伝いしましょうか？」ドイル夫人が申し出た。

エミリーが彼女をながめた。「でも――」

「もちろん手伝っていただくわ」ジュディスがいった。「あなたがみなさんを出迎えて、ドールハウスに案内してちょうだい。お茶の準備にはキャリーを頼めばいい。二時から四時の二時間だけですもの。ねえ、やりましょうよ、エミリー。そうすれば、わたしたちも少しは気が晴れて――」

「飾りつけはどうする？」

「去年の残りがたくさんあるわよ。エドカーとアダムも手伝ってくれるし」

「じゃあ、いいわ。キャリーに電話をかけて」エミリーはすでにテーブル磨きのぼろきれを置き、戸棚のキューピッドとハートを取り出そうと歩行器に手をのばしていた。

ビーズリー夫人は有頂天。高齢市民はわくわく。キャリーは幸せ。そしてミルドレッド・パンコーストはかんかんだった。

「よくもそんなことが」彼女は腰に手を当て目をギラギラさせて、二人の伯母様の前に立ちはだかった。

「ただ、がっかりさせたくなかっただけなのよ――」ジュディスがもぐもぐいった。

「見るに忍びなかったから――」エミリーがつぶやいた。

「純粋な親切心からでたことですよ、奥様」ドイル夫人が口を出した。

ミルドレッドはシークレスト中の洗濯ばさみを買い占める、といううんざりするような作業で午前中を過ごしたのだが、まだ安心はできなかった。前日は伯母たちの館を上から下まで捜索し、すべての洗濯ばさみ（ほとんどはジュディスのだった――彼女は乾燥機が嫌いで、綱から取りこんだばかりの清潔な匂いがするシーツが好きだった）を押収していた。

アダムはミルドレッドを座らせ、科学者同士として彼女に道理を説こうとした。

「この件には因果関係はないんだよ、ミルドレッド」アダムは我慢づよく説明した。

「ドールハウスのシーンが殺人を引き起こしたわけじゃない……」

だが彼女は両手で耳をふさぎ、小走りに部屋を出て行った。

彼女のことはみんな心配していた。

ドイル夫人は腕のいい精神分析医を紹介することも考えたが、まずはフェニモア医師に相談するのがいいと判断した。

アダムが威勢よく館を歩きまわって、大きな館のほうの飾りつけはやってくれた。どの窓にも真っ赤なハート、窓の隅には銀色のキューピッド。オールドファッションのレースのヴァレンタイン（色紙やレースなどでハート型やヴァレンタイン用の言葉を貼りつけた飾り）が鏡の回りをとりまいてマントルの上から垂れ下がり、欄干に巻きつけられている。玄関ドアには紅白の房咲きバラが飾られた。

「どうせやるなら、ちゃんとやりましょうよ」ジュディスは強い意思を口にした。

だがドールハウスの飾りつけとなると、みんなしりごみした。このミニチュアの部屋部屋には、あまりにも多くの悲しい記憶がしみこんでいるのだ。実際、老姉妹も最近ではドールハウスを避けるようになっている。そばを通るときは目をそらし、すばやく通りすぎるのだ。

ドイル夫人が救援を買って出た。「やり方を教えていただけば、よろこんで飾りつけますけど」

ほっとした姉妹は彼女に必要な材料と指示を与え、あとは彼女にまかせた。ちいさな赤いハートを切り抜いて窓に貼っていると、自分のドールハウスのことや、それで遊んだ幸せな子供時代の週末のことが思い出された。当時はテレビもなかった。遊びながらラジオを聞いていたものだ。《グランド・セントラル・ステーション》《レッツ・プリテンド》《ザ・グリーン・ホーネット》などを。

どの部屋が殺人の現場となり、そこでだれが死んだのかは、フェニモアから聞かされていた。ダイニングルームでは——パメラ。馬車小屋では——トム。アトリエでは——マリー。（もちろんドイル夫人はそこも引き受けている。）ただ幸いなことに、馬車小屋とアトリエには飾りつけは必要なかった。まずダイニングルームを片づけてしまうことにした。鏡の四隅に銀のキューピッドを貼り、センターピースとして紅白のカーネーションの花瓶をテーブルの中央に置き、サンドイッチ、砂糖菓子、ハート型のクッキー（すべて発泡スチロールでできている）の皿を並べた。これでよし。

何一つ壊さぬように注意しなければならないので、手間ひまのかかる仕事だった。彼女自身のドールハウスだったら、壊してもたいしたことはなかった。家具はどれも頑丈なプラスティック製（戦後すぐの新製品）だったからだ。あのごつい紫のベッドや、黄色い冷蔵庫や、オレンジ色のソファを並べるのは、この精細なシェラトンのサイドボードや華奢なチッペンデールの椅子を動かすのに比べたら、問題にならないほど気楽だった。それに彼女の手ももっとちいさくて器用だった。関節炎が忍び込んでくる前のことだから。

「すてきね、ドイルさん」

看護婦は顔を上げた。「あら、キャリー。どこかの帰りなの？」

「準備に早く来たの。お昼には帰って子供たちに食べさせなきゃならないから。また二時にお茶を出しに来る。しばらくここに泊まってるんですってね」

村の口コミはさすが。これには用心するよう、フェニモアから言われている。「ええ。エミリーさんの腰がよくなるまで、お手伝いするのよ」

「かなりかかりそうだけれど」キャリーは治療に関することなら、なんでも興味があるらしい。

「お年だからねえ。年取った骨は、治るのに時間がかかるわ」

「そう思った。子供たちがどこか折ったときは、二週間くらいでギブスがとれたもの」

ドイル夫人はやっとのことで体をのばした。一時間以上も屈みこんでいたので、膝も背中も死にそうにつらかった。自分のドールハウスで遊んだころには、けっしてなかったことだ。

「レッスン3まで進んだのよ――いまは、筋肉」キャリーは得意げにいった。

「そりゃ、よかった」ドイル夫人は、自分のアパートメントで看護コースの資料を見つけてキャリーに送るよう、フェニモアに頼んでおいた。勝手にシークレスト・ハイスクールの校長に会いに行き、キャリーの事情を説明もしていた。校長は近くの学校で初歩的な看護コースがないか調べてみよう、とうけあってくれた。「あれはとても頭がいい子ですよ」ドイル夫人がすでに知っていることも保証した。しかもキャリーの弟や妹を預かってくれるところも見つけようと約束してくれたのだった。

「関節のところへきたら、知らせて」ドイル夫人はキャリーにいった。「わたしの治療をやってもらえるかもしれないから」

「あたし、そろそろ行かないと。じゃあまたね、ドイルさん」

一人になると、ドイル夫人は余った材料を片づけはじめた。

「仕事を押し付けられたらしいね」エドガーが台所へ行く途中で立ち止まった。食料品で一杯の袋を抱えている。高齢たちが希望するかもしれないので、クリームと予備の角砂糖とハーブティーを買ってくるよう、姉たちに命じられたのだ。「ハーブティーはさんざん、探しまわったよ」彼はいった。「シークレストは冬場になると、あんまり健康食品を置かない。夏は若いベジタリアンむけの店が開いてるが、寒くなるとハーブティーだの海藻チップスだのを買いに来る客はめったにいないんだ」彼の憔悴しきった顔は、陽気な赤いボウタイの上で悲しいほど不釣合いに見えた。

ドイル夫人はうなった。「ぞっとするような食べ物ばかりですね。肉にバターに卵、ついでに早めにお墓も用意して……」彼の表情を見て口をつぐんだ。「すみません、とんだことをいってしまって」

「いや、いや。わたしのせいさ。最近些細なことにも取り乱してしまって。それで忙しくしてるんだよ。さて、これを台所に持っていこう」

彼が娘の死の現場となってまだ日の浅いダイニングルームを通りぬけるのを見送りな

がら、ドイル夫人は首《こうべ》を振った。どうすればかくも度重なる不幸――娘、息子、そしてつぎには妻を失うという不幸――に耐え、いままでどおり歩いたりしゃべったりしていられるのだろうか？　きっと生活の流れに漂っているだけなのだろう――ロボットのように。感情の中枢がなかば麻痺しているのは、救いかもしれない。

玄関のドアがぱっと開いた。タッドとアマンダが駆け込んできて、ややゆっくりとスザンヌとアダムがそれに続いた。

「やあ、ドイルさん。仕事はどこまでいきました？」彼は彼女の飾りつけを調べにやってきた。子供たちはすでに感嘆の声をあげている。

「すばらしい」アダムはいった。「お年寄りが喜ぶこと請け合いです。伯母様たちはどこでしょう？」

「台所にいらっしゃると思うわ」

彼はそっちへ歩き出した。

「父はもう来てます、ドイルさん？」スザンヌが訊いた。この数週間の肉親の死がこの若い女性を苦しめていた。頬はこけ、目元と口元にあらたな皺が刻まれていた。

「ええ、いまここを通って台所にいらっしゃいましたよ」

スザンヌもそちらへ急いだ。

ドアがまたぱっと開いた。入ってきたミルドレッドは、毛皮のコートの上に草色のウールのスカーフをひきずるように掛けている。ところが足は真夏の格好だった――素足にサンダルをつっかけただけ。ドイル夫人に挨拶もせず、我を失ったようにそばを擦りぬけていく。

「お子さんたちは、パンコーストさん？」ドイル夫人はうしろから声をかけた。

彼女はのろのろと振り返り、努力してドイル夫人に目の焦点を合わせた。「なにかおっしゃった？」

「あなたのお子さんたちよ。お連れにならなかったんですか？」

相手の言葉の意味をしばらく考えた様子だったが、やがて首を振ってダイニングルームへと出て行った。

ドイル夫人は後に続いた。ミルドレッドは椅子を引いてダイニングテーブルについた。

「ここはパメラの席だった」と彼女はいった。

「ええ、知っています」

彼女はふいにニヤリとした。「洗濯ばさみは全部隠したわ」

「そうですか」

「だれにも見つからないところにね」

「それはようございました」

「だからもう、わたしの人形を作ることはできないわ」

「もちろんですとも」

急に彼女はテーブルにつっぷした。

ドイル夫人はフェニモアに電話をかけるために、書斎に入った。そこなら人目につかない。ダイヤルを回しているとき、マントルの上に銛がかけてあるのに気がついた。パンコースト家の捕鯨時代の記念の品である。ドールハウスの書斎のマントルの上にも、まったく同じように銛が掛けてあったのを思い出した。安全ピンを巧みに利用しただれかの作品だった。

「先生？」

「どうした？」

「どうもしないわ」彼女は急いでいった。「少なくとも恐ろしいことは何もないの。ただ、ミルドレッドのことを報告したくて。彼女、ふつうじゃありませんね。今癇癪を起こしているかと思ったら、次の瞬間にはもうとりとめのないことをつぶやきながら夢遊病者みたいにふらついてるの。今週はシークレスト中の洗濯ばさみを買い占めて歩いたんですよ。昨日は伯母様たちの家で洗濯ばさみを探しまわり、見つけたのは全部隠してしまったし」

「ふむ」

「彼女の子供たちのことが心配。赤ちゃんもいるんですからね。今も子供たちのことを尋ねてみたんだけれど、意味もわからないみたい」

「それはチェックしたほうがいいね。だれかの車で彼女の家まで連れていってもらうといい——スザンヌかアダムにでも」

「わかったわ」

「ほかには？」

「いいえ、ただ——」

「なに？」

「わたし、気が気じゃないのよ、このパーティ。パンコースト家がパーティを開くたびに、惨事が起こってるわけでしょう。感謝祭、クリスマス——そして今度はヴァレンタイン。先生、こっちへ来られません……？」ドイル夫人の声がとぎれた。

「行けたら行きたいが、もういっぱいいっぱいだよ。二人分の仕事をこなしてるんだからね——看護婦なしで」

「わたしの教室はどうなってます？」ドイル夫人は息を詰めた。

「みごとなもんだ。ゆうべは、ホレイショがきみの生徒たちを実地訓練に連れ出した」

混線でもしたのではないかと、彼女は受話器を振った。

「彼は、引ったくりで有名なバス停をわざわざ選んで、そこに老婦人を一人ずつ立たせた」

彼女はあえいだ。「どうなりました」

「ぶざまにやっつけられた引ったくりが五人、留置場で無聊《ぶりょう》をかこってる」

ドイル夫人はにっこりした。「だからいったでしょ、先生。老いぼれ犬は新しい芸を覚えない、といったのはだれだったかしら」

「降参だ。しかし、その犬云々と言う言葉は、喜ばないと思うよ、きみのご婦人連は」

「バカおっしゃい」ドイル夫人は嘲笑った。「みんなちゃんとわかるはずよ——誉め言葉だって」

電話を切ったあとも、フェニモアはしばらく受話器を見つめていた。おそらくドイルは正しい。パンコースト家にとって、パーティは弔いの鐘かもしれない。今度は現場に居合せるべきかも。しかしヴァレンタインという気分ではなかった。郵便物の束をぱらぱらめくった。高齢者医療保険の書類。医学雑誌が何冊か。薬品会社からのダイレクトメールがいろいろ。そして絵葉書が一枚。表は——パリの墓地の写真。裏を返した。ジェニファーの筆跡でこうあった。


バラは深紅。

スミレは紫。

パリは死んでる——

あなたがいないから。

彼は時計に目をやった。まだ正午。急げば診療所の患者たちを診てからでも、お茶の時間までにシークレストへ行けるかもしれない。

22

フェニモアと話したあとで、ドイル夫人はスザンヌとアダムを探しに行った。最初に見つかったのはスザンヌで、台所で伯母様たちのサンドイッチ作りを手伝っていた。「もちろんいいわ」彼女はドイル夫人の頼みに応じた。「ここはほとんど終わったから。バッグをとってくるわね」

車におさまるとすぐ、スザンヌはしゃべりはじめた。最近の事件がどんなに一家の神経を傷めつけているかを。

「ミルドレッドばかりじゃないわ。アダムだってひどくいらだってるの。彼らしくないことよ。子供たちにもわたしにも、すぐかっとなるし。昨日だって、些細なことでタッドを自分の部屋に追いやり、わたしがとりなそうとしたら出て行ってしまったの」

ドイル夫人は舌打ちで同情をあらわした。人から心を打ち明けられるのには慣れていた。バスや電車の中でも、個人の人生のごく立ち入った事柄を打ち明けられることがときどきあるのだ。ハイスクールに通っているころから、そうだった。結局、自分がどちらかというと不器量だから、信頼できるような気がするのだろう、と思うことにした。もっと若いころなら、多少信頼されなくても、美人になりたいと思ったことだろう。だが五十八歳の今は、これを喜んで受けいれ、人々が彼女に置く信頼に応えようと努力している。

「アダムは学校でも問題を抱えていて――」スザンヌは急激にハンドルを切った。ドイル夫人はドアの取っ手につかまった。

「どんな問題？」

「あの……校長先生が、生徒たちにもっと甘くするようにとおっしゃるらしいの。生徒に多くを求めてはいけない、と。たいして勉強しなくても、いい点をやりなさい。そのほうが学校も見栄えがする、と。でも、アダムは要求水準がとても高くて、高度な学力が絶対必要だと信じてるのよ。この国が学問的に軟弱で、科学競争で外国に後れをとっていると思ってるの」

「彼は大学で教えることを、考えたことないの？」

「いいえ、ないわ。彼は科学は――とくに物理学は――早いうちに教えることが重要だと思ってるのね。そこまで待ったら――大学に入る年齢までだけど――頭脳の最良の部分が失われてしまう」

「ふーん」

「彼はアメリカが科学の分野で、ほかの国——たとえばドイツとか日本とか——に置いていかれるのをとても心配してるわ。そういう国ではもっと厳しい水準が求められてるって。アダムにとって、物理を教えることは信仰みたいなものなのよ。一種の——伝道活動」

あんなに気さくで暢気そうに見える青年が、そこまで煮えたぎる思いを内にひめているのを知って、ドイル夫人はびっくりした。「休暇でもとれば——」と提案した。「春休みはあるの？」

「ええ。生徒たちは三月に十日休みがあるわ。でもアダムはいつも、休暇はヨットで過ごすの」

「ヨット？」二人はいつのまにかシークレストの町を出て、海岸ぞいを走っていた。

「そう。〈稲妻号〉。ちいさな舟よ。冬場は伯母様たちの馬車小屋にしまってあるわ。ヨットは二人乗りだし、子供たちがいるからわたしはほとんど乗ったことがないけれど。さあ、ミルドレッドの家よ」彼女は、海岸を見下ろす広々したランチハウスの前に車をとめた。

ベルに応えたのは、中年の母性的な女性だった。パーキンス夫人と名乗った。（まだ苗字を名乗る世代なのだ）。「お茶会があるから、夕飯時までいてちょうだい、と奥様に頼まれたのよ」と彼女はいった。「赤ちゃんは眠ってるし、上の子供たちは遊戯室で遊んでるわ。呼びましょうか？」

「いいえ、その必要はないわ」スザンヌがいった。

「今朝、彼女があまり取り乱していたものだから」ドイル夫人が説明した。「子供たちをだれかに預けたかどうか、確かめたかっただけですの」

「無理ありませんよね、こう次々にいろいろあったんじゃあ！」パーキンス夫人は首を振った。「かわいそうに」

玩具が散らかっていて、上等な家具の上にソーダの缶が二個のっているのを、ドイル夫人はすばやく目の端にとらえた。だがこの程度のだらしなさは、小さい子供がいる家ではあたりまえだろう。

二人は邪魔したことを詫びて車にもどった。帰り道でドイル夫人はいった。「春休みにご主人と二人で二、三日どこかに出かけたら？　お子さんたちはパーキンスさんみたいな人に頼めばいいわ。お二人にとってきっといい気晴らしになるんじゃない？」

「いいでしょうねえ」スザンヌはつぶやいた。「彼を説得してみるわ。でもね、ヨットを相手に戦うのは大変なことなのよ、ドイルさん」彼女は道路から目をそらし、ドイルに笑ってみせた。「美人の若い女性と戦うほうがずっと簡単」

ドイル夫人は彼女の肩をたたいた。「やってみる価値はあるでしょ」

23

ミルドレッドはランチとお茶のあいだの時間を、窓辺のテーブルですごしていた——前にタロットカードを広げて。不思議に穏やかな表情をしていた。さっきの、不安にさいなまれ我を失った人物とはとても思えない。ドイル夫人は歩み寄って彼女のうしろに立った。

「ちっとも」「見てもかまいません？」

彼女は黙ってカードを見つめつづけた。

それぞれに人の姿が描かれたカードが扇形に並べられている。皇帝、愚者、隠者——ドイル夫人はその呼び名を目で追った。鮮やかな色使いで、昔の絵画のようだ。「それ、おかしいわね」彼女は逆さにぶらさがっている男を指さした。

顔を上げたミルドレッドは、謎めいた微笑をうかべていた。「あなたを占ってあげましょうか」

「いえいえ、けっこうよ。そういうものは信じないの」

「あなたからいい反応が出てるわ、ドイルさん。あなたは恐れることはない」

「恐れてなんかいませんよ、わたしは」むっとしていった。「掛けて」

ミルドレッドはちいさな椅子に手をのばし、自分のむかいに引っ張った。

心ならずも、ドイル夫人はゆっくり腰をおろした。

「運勢を読むときは、ゼロから始めるのが好き」ミルドレッドはカードを集めて重ねた。そばの木箱からちいさな黒い絹のハンカチのようなものを取り出し、それでカードを包んだ。箱は古びていて、手作りのように見えた。彼女は包んだカードをその中に入れ、蓋をした。「まっさらから始めるのが一番。わたしの希望や欲望で、あなたの運勢を汚したくないから」

「汚すなんて、バカな」

「最初はみんなそういうわ」ふたたび謎めいた微笑。「タロットのカードにはね、ドイルさん、おもしろい歴史があるのよ。この図柄はエジプト時代までさかのぼると信じている人もいるの。ルネッサンスの初期からだろう、という人もいるけれど——」

ミルドレッドが話しているあいだに、カードが謎の木箱の中で煮沸消毒されているところを、ドイル夫人は想像した。

「メジャー・アルカナ、つまり絵柄のカードは、人間が集団的無意識のうちに共有しているとユングが説く〝原型《アーキタイプ》〟を表すの。たとえば皇后は母親の原型。隠者は——」

「ドイルさん！　まさか、魅入られたんじゃないでしょうね？」ジュディスが戸口に立っていた。

「そんな、とんでもない、わたしはただ——」

「ちょっと運勢を占おうとしてるだけよ」ミルドレッドがいった。

「それなら、邪魔はしないわ。みなさんが来る前に、ポーチで新鮮な空気を吸ってこようかと思って」

ジュディスのうしろで玄関のドアが閉まるのを待って、ミルドレッドは木箱からカードを取り出した。おもむろに黒い絹の布を外すと、ドイル夫人にカードを混ぜるようにいった。看護婦が混ぜ終わると、ミルドレッドは訊いた。「なにか重大な質問がおあり？　最近、あなたの心から離れないことはない？」

ある。だれが殺人犯なの？「とくにないわ」彼女はいった。

「では、ホール・パースン・スプレッド。これであなたの全体像がわかり、あなたが将来とるべき道にむかう助けになるわ」

「フィラデルフィアにもどって、カラテクラスを再開するってことね？」

ミルドレッドは寛大ににっこりした。

ドイル夫人はまた、「バカな」といおうとしたが、なぜか言葉が喉にひっかかった。

そしてミルドレッドが並べるきれいなカードを食い入るように見つめた。カードは四枚。

赤と黄色と黒と金色、魔法使いと隠者と幸運の輪とそして……死神。

ドイル夫人は思わず身じろぎした。

「ちがうのよ」ミルドレッドは急いでいった。「この場合、死神は終末を意味するのではなく、転移を意味するの——新しい始まりを。第二の人生の出発、とかね」

「わたしはいままでの人生が好きなの」ドイル夫人は不満げにいった。

「変化といっても、時や場所の変化ではなく——精神的なことかもしれないわ」ミルドレッドは安心させようとした。「きっと精神的にもっと高い水準に移行するのよ」

突如としてなじみの顔がドイル夫人の前にぱっとあらわれた——教区のクランシー神父の顔だ。つぎに聞き慣れたちょっぴりアイルランド訛りのある声が聞こえた。「毒の味見かね、キャスリーン？」

ミルドレッドには占いを続けさせたが、ドイル夫人は興味を失っていた。きわどいところで、彼女は奈落から引き戻された。

24

ビーズリー夫人が、パンコースト家の玄関に続く小道に高齢者の行列を案内してきた。淑女たちの多くは、今日のために赤いパンツスーツを選んでいた。紳士たちは赤いネクタイでキメていた。そして全員が期待に顔を輝かせていた。

「みなさんをがっかりさせなくて、ほんとうによかった」ジュディスがいった。

「ほんと、それじゃああまりお気の毒よ」エミリーも相鎚をうった。

玄関のベルが鳴ると、二人でドアを開けた。エミリーは、少女時代にホッケーのスティックを扱ったのと同じ要領で、たくみに杖を操っている。

ドールハウスはドイル夫人の担当だった。番兵のようにドールハウスを守り、美術館のベテランガイドのように質問をさばいた。よく訊かれる質問には、あらかじめ姉妹から答えを教えられていた。たとえば「あのシャンデリアはほんもののクリスタルなの？」とか「トイレには水が流れるのかね？」とかいう質問。両方とも、答えは「ノー」だ。だが、ピンクのパンツスーツを着た、目端のききそうなでっぷりした女性の質問には不意をつかれた。「殺人はどことどこで起きたの？」

「えーと」ドイル夫人は口ごもった。それから、はっきりいってしまったほうがいいと判断し、すばやくダイニングルームと馬車小屋とアトリエとを指差した。だがそれで黙る相手ではなかった。

「ひとつ、抜かしてるわ。書斎にいるのはだれ？」ピンクのパンツスーツがいった。

「たぶん、酒をやりすぎたパンコーストのだれかだろう」自分をパーティの中心人物と思いこんでいるおじいちゃんが、陽気にはやしたてた。「この寝転び方といったら、じつにリアルだもんなあ」彼は大声で笑った。

「まあ、ハリーったら」彼の腕にぶらさがっていた小柄な、髪をブルーに染めたご婦人がやっきになって止めようとした。ほかの女性たちが忍び笑いをもらした。

ドイル夫人は屈みこんで書斎をのぞいた。ミニチュアの東洋風ラグの真中にころがっているのは、洗濯ばさみだった。はさみの開いた部分の真ん中に刺さっているのは、このあいだマントルの上にかかっていた銛だった。洗濯ばさみの首の部分を飾っているのは、ちっぽけな赤いボウタイだった。

ドイル夫人はぼんやりと、玄関のベルが鳴るのを聞いた。遠くでジュディスがだれかにしゃべっている。老人の顔がいくつも彼女のほうに傾いてくる——なにか訊きたそうな表情で。彼女は体を支えようとうしろに手をのばし、階段の手すりにつかまった。

「さあ、だれでしょうね」やっとのことでそういった。「ダイニングルームにお茶の用意ができてますわ。みなさん、どうぞいらして」

お茶とお菓子ならいつでも大歓迎――あれもダメこれもダメというダイエットにはうんざり――の高齢者の一群は、彼女のすすめにしたがってダイニングルームへと移動した。

「ドイルさん！　見てちょうだい、珍客よ！」ジュディスがお供を従えて近づいてきた。

それがだれかわかったとき、ドイル夫人はその人物の首にかじりつきそうになった。必死でその気持ちを抑えた。

「どうした？」彼女の顔を見れば一目瞭然だったが、フェニモアはするどく尋ねた。

「なんでもないわ。ちょっと疲れただけ。このへんに腰をおろそうかしら」彼女は階段の一番下の段にさっと腰を下ろした。

「ジュディス、ぼくの看護婦さんにお茶を一杯いただけませんか？　いささかくたびれたようですから」

「まあ、先生、わたしたちがこき使いすぎたんだわ。暗いうちから働きづめだったんですもの。ドイルさん、そこにいてちょうだい。じっとしてるのよ。すぐ持ってきますからね。まあ、ほんとに――」そういうとジュディスは、アリスを不思議な国に誘いこんだ白ウサギのように、あたふたと出て行った。

「それで」フェニモアは訊いた。

「書斎よ。見て！」

彼ははっと息をのんだ。「この館の書斎だ。どこだろう――」

「あっち」ドイル夫人は廊下の先の、客間に隣接するドアを指した。

「客間に客を引きとめておいてくれ、ドイル」彼は肩越しにいった。

ドアノブに手をかけたとき、フェニモアは既視感《デジャ・ヴュ》に襲われた。あと何度これを繰り返さなければならないのだ？　ノブをまわして、室内に入った。

「今ちらっと見えたのはフェニモア先生じゃない？」サイドボードのそばで、ミルドレッドがドイル夫人の正面にたちはだかった。

ドイル夫人のいつもの巧みな受け答えは影をひそめていた。だまってうなずいた。

「わたし、先生にお話があるの。なぜ先生の捜査はさっぱりはかどらないのか、聞きたいのよ。もう何カ月でしょ。今、書斎に行かれたようだから――」彼女は歩き出した。

「ミルドレッドさん！」

彼女は振り返った。

ドイルは無理に笑顔をつくった。「先生は〈メンズルーム〉だと思うわ」

「あら、そうなの。じゃあ、出ていらしたらすぐ知らせてちょうだい」さきほどのぼんやりした態度は、攻撃的な態度に変わっていた。

呆然としているのはドイル夫人のほうだった。客たちがサンドウィッチをむしゃむしゃ食べお茶をがぶがぶ飲むのを、濃霧の中の光景のようにながめた。彼らをながめているあいだじゅう、気持ちは書斎にとんでいた。

「なにもかもうまくいってるみたいね」エミリーがひと休みしようと歩行器を押して近づいてきた。

「ええ」ドイル夫人は我にかえった。「みなさん楽しんでいらっしゃるようですわ」

「ジュディスから聞いたけれど、わたしたち、あなたをくたくたにさせたみたいね。でも、手伝ってくださってほんとうにありがたかったわ、ドイルさん。もう帰りたいと思ってらっしゃるんじゃないといいけど」

「必要とおっしゃれば、いつまででもいますよ」彼女はやさしくいった。

「だったら、腰の治りを遅らせなくちゃあ」エミリーはにっこりして離れていった。

「父を見ませんでした、ドイルさん？」スザンヌがやってきた。「いつもどこかに消えてしまうのよ」

「いいえ」短く答えた。それから、埋め合わせをしようと付け加えた。「伯母様たちのご用があったのかもしれませんね」

「ああ……もしかしたら書斎かもしれないわね」スザンヌが廊下のほうへ行きかけた。

「待って！」ドイル夫人はスザンヌの腕をつかんでテーブルに引き寄せた。「まずお茶を飲んでからになさっては。少々お疲れみたい。元気が出ますよ」

「あら、そうかしら——」

「さあさあ、お注ぎしますから」ドイル夫人はカップになみなみとお茶をそそぎ、おしゃべりで定評のある高齢者の隣に彼女を座らせた。スザンヌの礼儀正しさからして、少なくとも十五分はこのご老体のそばを離れられないだろう。ドイル夫人はちらと腕時計に目をやった。

「見たわよ！」ビーズリー夫人がドイルの不意を襲った。「時計を盗み見たでしょ？心配ご無用。みんなを夕食までにはちゃんと家に送り届けるって、約束したじゃないの」その言葉を証明するかのように、彼女は全員を客間に集めにかかった。「さあ、みなさん、いらっしゃい。ヴァレンタインのプレゼント交換の時間よ」

なんてこった！　見そこなわないでよ、このキャスリーン・ドイル——五十八歳のうら若き女——を、自分が引率してきた高齢者と一緒にするなんて！　シークレストがそこまでわたしを老けさせたはずないじゃない？　彼女はサイドボードの上の鏡をのぞいた。

老けさせていた。

のろのろとダイニングルームを出てフェニモアを探しに行った。彼は書斎から出てくるところだった。彼もまた、おそろしく老けこんでいた。

「エドガーが？」

「うん。銛でね」彼は廊下を見わたした。「スザンヌはどこ？」

「あっちよ」ドイル夫人はダイニングルームを指した。

「警察を呼ぶ前に、彼女に話さないと」

「さっきからお父さんを探しまわってたのよ」

「ぼくの不手際でひどいことになってしまったよ、ドイル」彼の顔には、いままで見せたこともない苦悩があらわれていた。「きみのほうは？　なにか発見したことは？」

彼女は首を振った。「みなさん、とてもいいかたたち、常識的なかたばかりよ。ミルドレッドだけはべつだけど。でも彼女だってちょっと……おかしいだけ」

「影に潜んでいるのが何者にしろ――」彼の声には覚悟がこもっていた。

客間からクスクス笑いや大笑いが、間をおいては聞こえてくる。高齢者たちがヴァレンタインを楽しんでいるのだ。

フェニモアは背筋をのばし、スザンヌを見つけるために歩き出した。

25

フェニモアは診療所に入ると鼻をひくひくさせた。香水？　しかも妙な雰囲気が漂っている。むろん、でんとしたドイル夫人の存在がないのは大きい。だが、ホレイショの姿も見えないのはなぜか。彼の席で彼のファイルに屈みこんでいるのは、わずかな布切れしかまとっていない女性だった。その女が顔を上げた。

「はじめまして」フェニモアはいった。

「ああ、先生ね」彼女は目にかかったひと房の髪をかきあげ、じっと彼を見つめた。

「これまでにお目にかかったことがありましたかどうですか……」

彼女はククッと笑った。「トレイシー・スパークスよ。新しいバイト」

そういえばドイル夫人が、自分が留守のあいだ臨時のアルバイトを雇うとかなんとかいっていたが、この女性に会うのは初めてだった。

「よう、ドク」ホレイショがリンゴをかじりながらキッチンから出てきた。もう一個のリンゴをミズ・スパークスにひょいと投げた。「仕事終わってからにしろよ」きびしく言い渡した。

彼女は急いでファイルにかがみこんだ。

いつもの隠れ場からサールが姿をあらわした。自分の診療所でなじみのものに会えたのがうれしくて、フェニモアは彼女を抱き上げた。

「おれの授業はどうなるんだよ？」ホレイショがいきなり切り出した。

フェニモアはぎくりとした。ほかの患者の手当てはいうまでもなく、パンコースト事件のごたごたまであって、ホレイショとの約束はすっかり忘れていたのである。くたびれ果てていたにもかかわらず、彼はいった。「今なら、いいよ」

いちばん頭に引っかかっているのがパンコースト一家のことだったので、エミリーの心臓のことから説明することにした。彼は彼女のファイルを取り出した。「エミリー・パンコーストさんの症状は、洞不全症候群《シック・サイナス・シンドローム》とよばれるものなんだ」

「あの人の心臓の話をするのかと思った」

フェニモアはホレイショの顔を見た。

「だって副鼻腔《サイナス》ってのは鼻にあるんだろ？　叔父さんがしょっちゅうそれが悪いってぼやいてるよ。ひどい頭痛がするし、すごく鼾をかくんだ」

どうも長い夜になりそうだ。「それはべつのサイナスだ。〝サイナス〟というのは空洞とか穴という意味なんだよ。体のあちこちにある。ぼくが今いったのは、静脈を集める心室にある空洞のことだ。ここに自然のペースメーカー、つまり心拍を機動させる細胞群があるんだ。〝洞房結節〟と呼ぶんだけどね」

ホレイショは熱心に聴いている。

「心拍数は、生き物の大きさによってちがう。大きな動物のほうが心拍数は少ない。鯨は一分に十二回しか打たないが、ハチドリは——六百十五回も打つんだよ。健康な成人の心拍数は、一分間に六十から百のあいだだ」フェニモアは聴診器をポケットから出してホレイショにわたした。「これを耳に入れて」

ホレイショはいわれたとおりにした。

フェニモアは彼のTシャツをまくりあげにかかった。少年はぱっとシャツを引き剝がすと隅に放り投げた。フェニモアがその胸に聴診器の銀色の口を当てると、ホレイショは悲鳴をあげて跳びあがった。「冷てえ！」

「みんなそういうんだ」フェニモアは口を手でこすって温めてから、もう一度少年の胸のやや左に当てた。腕時計を見て、秒針が真上にきたところで、ホレイショに数えさせた。

「一、二——」彼は息を殺して数えはじめた。

秒針が一回りしたところで、フェニモアはいった。「やめ！　いくつだった？」

「七十」

「よろしい。きみは健康そのものの十五歳だ、よかったよかった。心臓に関しては、だがね」と条件をつけた。

ホレイショはにやりとした。

「さて、エミリーさんの心臓は」――とファイルから心電図を取り出し――「心拍数は一分に六十二で正常だ。だが一つ問題がある。ときどきそれが遅くなるんだ――たまに止まったりもする」

ホレイショは目をしばたたいた。

「そう。いいことじゃない。彼女の心拍が止まるのは、洞房結節がちゃんと動いていないからなんだよ。ここは電気的な刺激で心臓を収縮させ、体に血液を流すところだ。それがうまく作動しないと、血液は循環しなくなってしまう」

「脳にもちゃんと血が行かないから、エミリーさんはふらふらしたりするんだ」

「そのとおり」生徒がちゃんと憶えていてくれたので、フェニモアはにっこりした。

「しかし、今はそれを直す方法がある」引出しをかきまわして、ライターほどの大きさの長方形の金属のものを取り出した。

「ペースメーカーだね」とホレイショ。

「見たことある？」

彼はうなずいた。「テレビの《科学と発明《サイエンス・アンド・インヴェンション》》でね」

ふむ。もっとテレビを見るべきだな、とフェニモアは内心思った。彼はペースメーカーをホレイショにわたした。片側から二本の長いワイヤーが出ている。彼はそれをいじくった。

「一本は右心室に、もう一本は左心室にとりつける」フェニモアはいった。

アルバイトの女性が戸口でうろうろしている。彼は中断されるのは嫌いだった。「なにか？」

「ロペスさんに質問があるんだけど」鼻にかかった声でいった。彼女がホレイショにむかって重そうな睫毛をパチパチさせなかったら、フェニモアはだれに話しかけているのかわからなかっただろう。

「すぐそっちへ行くから」ホレイショはぞんざいにうなずいて彼女を追い払った。

驚いたことにスパークス嬢の視線は必要以上に長くホレイショの裸の胸にからみついていた。フェニモアはあらためてまじまじと臨時の助手をながめた。

それから手をのばして、壁掛け図を引き下ろした。図には心臓の詳細が描かれている。彼は右心室と左心室とを指差した。

「ペースメーカーを埋め込んでおくと、エミリーさんの洞房結節が電気を出せなくなったときに、この人工のペースメーカーがそれを察知してかわりに電気を送り出す。彼女の洞房結節がまたちゃんと働きはじめるまで送りつづけるんだよ」

「すげえ！」

「うん。奇跡みたいだろう」生徒の熱中ぶりに元気づけられ、フェニモアはエミリーの心電図の中から三枚を取り出した。「一枚目は彼女の洞房結節が正常に働いているときの心拍。二枚目は働きが悪くなったときの心拍。三枚目は人工のペースメーカーが代わって動き出したとき」

「でもペースメーカーはどこから電気をもらうんだい？　プラグもないのに」

「電池だよ。ペースメーカーには電池が入ってる」

「でも、なくなるだろ？　ラジカセの電池だって、しょっちゅう取り替えなきゃなんないんだぜ」

「そのとおりだ」頭のいい生徒にほほえみかけた。「だからシークレストできみが見たように、あのトランスミッターをエミリーさんにくっつけないといけないのさ。三カ月に一度は、電池がなくなっていないかどうか確認するんだ。電池は五年に一度取り替えることになっている。でもこれはごく簡単な手術で、外来ですませられる。その日のうちに帰れるんだよ」

「ふーん」

「感想はそれだけかい？」彼は心電図をフォルダーにもどした。

「やるもんだね」ホレイショは立ちあがってのびをした。

エミリー・パンコーストの心電図

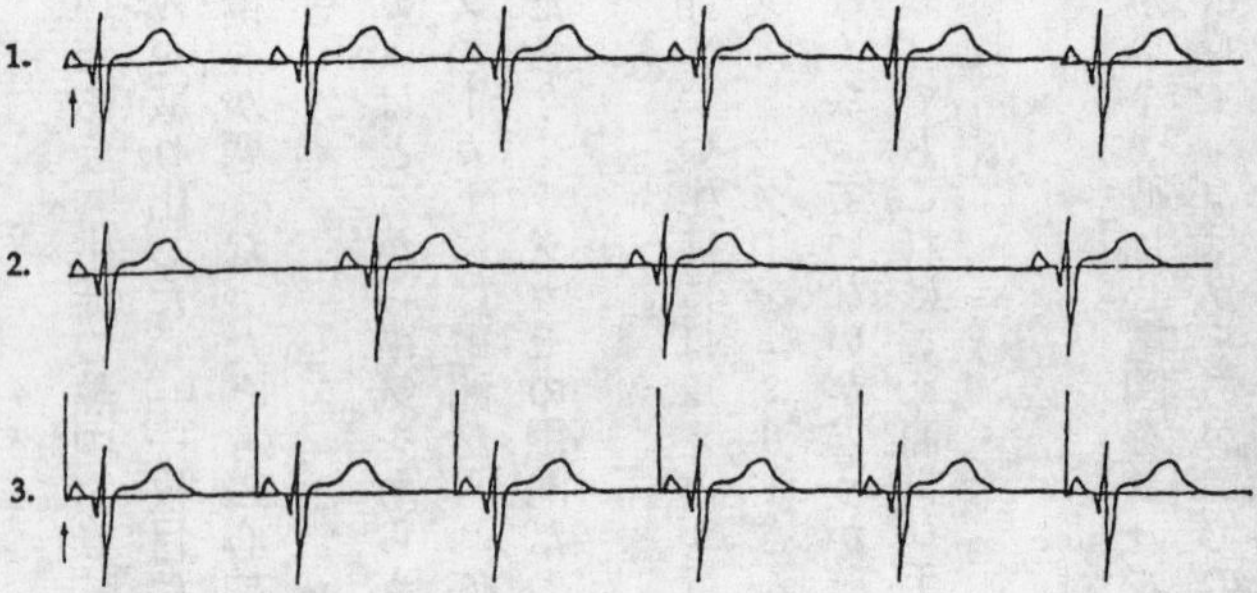

1．エミリー自身のペースメーカー（矢印）が機能している。心拍数60。

2．エミリー自身のペースメーカーが緩慢に。目眩が始まる。

3．人工ペースメーカーが代行（矢印）し、心拍数は正常に。

「ややマシか」

〝ロペスさん〟がバイトの相談をうけに行っているあいだ、フェニモアは不思議な満足を覚えながら、デスクのところでぐずぐずしていた。この感覚が好きだった。しばらく浸っていたかった。

彼はしぶしぶ電話に手をのばし、ラファティ刑事の番号をダイアルした。

26

二人が首尾よくマティニにありついたところで、フェニモアは親友にパンコースト事件の概略を話して聞かせた。これまで彼が事件に果たしてきた役割は、けっして自慢できるようなものではなかったが。

ラファティは厳しい目をむけた。「しろうとが首を突っ込むのはよくないと警告しただろう、フェニモア。警察に任すべきだ」

「シークレスト警察じゃ、全然らちがあかないんだ。州警察が要請されてるという噂もある。ぼくは友人に力を貸したいだけでね」フェニモアは抗議した。

「おれが薬のことをああだこうだといいだしたら、どう思う？ おれの〝友人〟に錠剤をやったりしたら？」

「それとこれとはちがうだろう」フェニモアはうめいた。

「おまえのやってることは、同じくらい危険なことだ。それに違法でもある」警官はマティニを飲み干した。

「ぼくを逮捕するか？」

ラファティはじっと見つめてからニヤリとした。「いや。しかし、手を引け、という警告は本気だぞ。もう一杯やるか？」

二杯目のマティニをやるうちにラファティはほろ酔い機嫌になり、友達を非難するのをやめた。フェニモアは思いきって訊いてみた。「この事件、どう思う？」

「おまえはこの〝伯母様たち〟を客観的に判断するには親密すぎる――昔からの患者だからな――そう思ったことはないのか？」

「しかし――」フェニモアは異議をとなえようとした。

「正直になれよ」ラファティは彼をさえぎった。「容疑者リストから二人を除外してないか」

フェニモアは居心地悪げにもぞもぞした。

「ほうら見ろ」ラファティはメニューに手をのばした。「おまえはこの事件に、感情的に巻きこまれてしまってるんだ」

フェニモアは、親友がポークチョップにするかステーキにするか決めるのを待った。

「しかし、二人とも高齢者だよ。しかも少なくとも一人は、体も弱ってる」

「カボチャのパイに毒も入れられないほど弱ってるのかね？　イグニションのキーを回してガレージの扉も閉められないほど？　ちいさな棚に二、三本釘も打てないほど、かね……？」

「少なくとも、重い銛は扱えない」フェニモアは矛先をそらした。

「正確にはどのくらいあるんだ、銛の重量は？」ラファティが反撃する。

フェニモアは肩をすくめた。

「持ち上げてみたのか？」

「もちろん、みてない。指紋がついてるかもしれないし……」

「銛ってやつは、大きな矢とくらべてもたいして重くない。空気中を飛ぶように作られてるんだからな。並の体力があれば、だれにでも扱える」

フェニモアは紅傘軍団のこと、敏捷なドイルの高齢者弟子のことを考えた。注文はカニ肉づめのムツにする。ウェイターが離れていくと、彼は口をひらいた。「でも、犯人は銛を使う前に被害者を殴り倒してるんだ。検視官は後頭部にこぶを発見した。わが高齢の患者さんに、どうしてそんなことができる？」

「頭のうしろだろう。犯人は背後から襲ったんだ。格闘したわけじゃない。被害者は何に殴られたかもわからなかったろう」

フェニモアはラファティの言葉をつくづく考えた。エミリーが——殺人を？　バカげている。ではジュディスが？　まさか。ミルドレッドやアダムはどうか？　考えられない。あとはスザンヌ。彼女が父と母と姉と兄を殺すだろうか？　とんでもない。バーテンダーのフランクは？　彼が感謝祭の日にバーで酒を注いでいたのは、大勢の客に目撃されている。最後に、彼はしぶしぶキャリーのことを思い出した。いや、冗談じゃない。だれをとっても理屈に合わない。そもそも動機はなんだというのだ？

彼の内心を読んだかのように、ラファティがいった。「動機に心当たりは？」

フェニモアは首を振った。

「世に動機の数はしれてる。カネ。色恋。権力。復讐。もしくはその組み合わせ」

ラファティはフェニモアにたっぷりと考えさせ、それから話題をパンコースト一家からフィリーズへと移した。この不運なチームに関しては、二人は愛憎あい半ばする関係だった。心の底では熱心なファンであるにもかかわらず、チームが果てしなき負けパターンに陥ると、フェニモアはラファティにチクチクと厭味をいわずにいられなくなるのである。「今年のラインナップはどうなんだ」彼は訊いた。

「いいぞ。例年を上回る成績が期待できる」ラファティはフェニモアのいつものこきおろしを待ちうけながら、油断なく目を上げた。

だが何も出てこなかった。今夜のフェニモアは頭がいっぱいで、とても軽口をたたく余裕はなかった。

ラファティとの会見はなかなか有効だった。翌朝、二日酔いぎみだったにもかかわらず、フェニモアは動機の追及に乗りだした。エミリーとジュディスから二人の経済状態を調べる許可をえて、シークレストのファースト・ナショナル銀行を訪れた。ジュディスがしかるべき信託担当者を教えてくれており、フェニモアが身分を証明すると、担当者はパンコースト家の資産がどうなっているのかを話してくれた。現時点では、資産は株式、長期債券、投資信託、それに不動産の形で、エミリーとジュディス、それにさきごろ亡くなった弟エドガーが等分に所有していた。

次に、これも教えてもらった一家の弁護士を訪ね、彼らのうちのだれかが死んだときに財産がどう配分されるのかを知った。

1．エミリーの分はジュディスに。

2．ジュディスのはエミリーに。

3．エドガーの財産は――パメラとトムとマリーが亡くなった現在では――残った相続人、つまりスザンヌと、トムの妻ミルドレッドと、彼女たちの子供のあいだで等分に分けられる。（フェニモアは子供たちを考慮の対象にすることはできなかった）

カネについてはこれで充分。色恋はどうか。

ハートの問題についてのフェニモアの情報源は、悪名高いシークレストのブドウ蔓のごとき口コミしかなかった。これをさぐるにはドイル夫人のほうが有利であると判断する。彼女に電話をかけた。

「でも先生、伯母様たちは色恋にはお年を召しすぎですよ！」

「バカをおいいなさい。きみの八十代のご婦人たちがカラテができるほど若いなら、伯母様たちだって充分に恋ができる」

「でもだれが——？」

「それをさぐるのがきみだろう、ドイル。ブドウの蔓には耳をそばだてていること。最強の蔓は肉屋のおかみさんのビーズリー夫人、バーテンダーのフランク、それからキャリーだろうな」

「まあ、先生。わたし一人でバーになんか行けないでしょ」

「おいおい、ドイル。時代遅れなことをいうんじゃないよ。ウーマンリブってやつを知らないのかい？　いつでも、どこでも、自由に好きなところに行けばいい——社会から非難されるなどという心配はいらない」

ドイル夫人はかの有名なあざけりの音をたてた——雇い主の判断にたいして、とくべつにとってある鼻鳴らしだ。

「ああ、それからね、ドイル……」彼は無作法な彼女の鼻は無視して続けた。「権力と復讐——動機になりうるあと二つの要素だが——これに関する噂にもよくよく気をつけてくれ」

「了解」ドイル夫人はもはや腹立ちを隠すことができなかった。「ビーズリーさんはこう打ち明けるでしょうね。ある日あたしがエドガーさんのポークチョップを包んでいたら、彼ったらあたしに深い欲望を抱いているって告白するじゃないの。でもあたしはマリーと協力して、彼が望みを果たすのを阻止してやったのよ、って。それから」と息もつかずに先を続けた。「キャリーはこう話してくれるわ。ある日スザンヌのところでベビーシッターをやってたら、子供たちがこういった。ママは全然出かけないけど、二階の寝室でバーテンダーのフランクさんを楽しませてあげてるのよって。それからフランクはこういうわ、ミルドレッドはアダムを嫌っているふりをしながら、じつはあいつに首ったけなんだぜ。これは、ある晩ジン・トニックを何杯かあおったミルドレッドから聞いた話さって。もちろん、エミリーだって黙っていない。お茶の時間にしゃべりだすのは、ジュディスが婚約する前から、あの船乗りとはいい仲だったという話。船乗りが妹に乗り換えたとき、エミリーは嫉妬と怒りに逆上したってわけ。いっぽうジュディスは、二人がひそかに駆け落ちを計画していたことを父親にいいつけたのはエミリーだと思いこみ、六十年も黙って恨みを抱きつづけたあげく……」

「その調子だ、ドイル。きみはコツを心得てる。ジャンジャンやってくれたまえ。期待してるよ」彼は電話を切った——もう一度不愉快な鼻鳴らしを聞かずにすむように。

27

ミルドレッドがドールハウスを燃やすことを思いついたのは、教区の牧師がエドガー・パンコーストの埋葬式をあげた後のことだった。

「でもミルドレッド、そんなことをして何になるの」エミリーが訊いた。

ミルドレッドの目がギラリと光った。黒ずくめの服に、エメラルドグリーンの線が一本だけ斜めにはいったケープをまとった彼女はいった。「ドールハウスがなくなれば、このおぞましい殺人劇も終わるのよ」

「説明したじゃないか」アダムがやりきれないというように口を開いた。「ドールハウスは無関係だよ」

「科学者に何がわかるの。無限の世界があるのよ――精霊や霊気や力にみちた世界が――それを知りもしないで」

「黒猫を避け、ハシゴを避け、十三日の金曜日を避け――そしてドールハウスを燃やせば、そういったものから逃れられるというのかい?」彼は彼女をにらんだ。

彼女は目を細め、ドイル夫人でさえショックを受けるような口汚い言葉を吐いた。伯母様たちは聞かなかったことにした。悲劇が繰り返されたとはいえ、彼女たちはドールハウスを破壊するという考えには耐えられなかった。アダムは顔をそむけた。

フェニモアがエドガーの埋葬式にこられなかったのは、フィラデルフィアで急患があったからだ。だが彼はドイル夫人に電話で指示を与えていた。パンコースト一家を注意深く観察するように——式の前も最中も後も、と。「ストレスにさらされると、人は無防備になりがちだからね」

「心理学の講義をありがとう」ドイル夫人はいった。

今ドイル夫人は一家の心理療法士としてベストをつくしている。客間の中央のラブシートという有利な位置に腰をかけているのだ。ここからだと全員に目をそそぎ耳をそばだてることができる。だがいままでのところ彼女につかめたのは、全員の神経がずたずたた寸前まで追い込まれていることだけだった。みんな飢えたワニのように、たがいに嚙みつきあっていた。

それに加わらないのはスザンヌだけだった。一人深い悲しみに沈んで椅子の背に斜めに寄りかかり、窓から冬枯れの庭をながめていた。アダムがやってきて隣に座り、彼女の手に手を重ねた。

ドイル夫人はミルドレッドを振り向いた。彼女はそわそわと歩きまわり、ときどきアンティークをとりあげては目に見えない埃を吹き飛ばしたりしていた。最後にやっとドイル夫人のラブシートの隣にどさっと身を投げた。「なぜみんな、わたしのいうことを聞かないのか、わからないわ」ピンクの頬をした羊飼いの娘を手に持ったまま、彼女はつぶやいた。

「みなさん、取り乱してらっしゃるからですよ」ドイル夫人はなだめにかかった。「まっすぐ考えられないんでしょう」

「じゃあ、あなたはわたしに賛成？」彼女はドイル夫人をひたと見つめた。

「まあ、それは――」

「賛成なのね？ あなたなら関連性がわかるはずよ。ドールハウスがなくなれば、殺人ももう起きない」

彼女がヒステリー寸前なのを察知して、ドイル夫人は慎重に言葉を選んだ。「そうね、わたしは犯人は強迫観念にとらわれた几帳面な人物で、ミニチュアでほんものそっくりの殺人現場を作り上げてから実際の殺人を犯していると思うわね。だからたぶん、その人物はまずそういうシーンを演出してからでないと、次の殺人は犯さないと思うけれども、でも――」

「ほらね！」また目がギラリと光った。「アダム！ みんな。ドイルさんはわたしに賛成よ。ドールハウスを燃やすべきだと思ってるわ」

「待ってちょうだい――たとえドールハウスがなくなっても、犯人にはまだ殺す理由が残っているはずで」

全員の目がドイル夫人に集まった。

「でもあなたはいった、犯人はとても几帳面な人間で、あらかじめドールハウスで殺人現場を作ってからでないと、実際に殺すことはないだろう、って。これはあなたの言葉よ」ミルドレッドは真正面から彼女を見すえた。

伯母様たちは肩を落とした。

アダムは肩をすくめた。

スザンヌは窓の外をながめつづけている。

「ドイルさんがそれが一番いいと思うのなら――」エミリーがおずおずと口を開いた。

「ええ、もちろんよ。わたしたちはどんなことだって――」ジュディスも落胆のあまり、最後までいえなかった。

「ちょっと思っただけなんですよ、犯人の行動パターンを乱せば、もしかしたら――」

ドイル夫人は溺れかけている気分だった。先生はなんというだろう？

「じゃあ、いつにする、エミリー？」とジュディス。

「早いほうがいいんじゃない」とエミリー。

アダムが部屋を出た。

ミルドレッドは勝ち誇った微笑をうかべた。

心理療法士ドイル夫人は、根が生えたようにラブシートに座ったまま、困惑して足元を見つめていた。

……それを、真っ赤なしわくちゃの紙の火の中にほうりこんだ……

——ベアトリクス・ポター作「2ひきのわるいねずみのおはなし」より

28

三月

ドールハウスの焼却は遅れた。それは単なる人手の問題だった。ドイル夫人が手伝うとしても、重すぎるし大きすぎてとても伯母様たちの手には負えなかったのだ。もちろん、もうエドガーはいない。それにアダムも、この件にはいっさい関わろうとしなかった。ミルドレッドは彼女らしい解決策を思いついた。ホールで壊してから、バラバラになったものを裏庭に運んで焼いたらどうか、と提案したのである。だが、伯母様たちはこの提案を頑として受けつけなかった。自慢の財産を燃やすのならまだわかる。燃やすという行為にはどこか清潔で神聖な趣がある。しかし無慈悲に叩き壊す……そんなことは考えられなかった。そこで、だれかが運び出すための名案を思いつくまで、ドールハウスは玄関ホールの陳列台にいままでどおり置かれることになったのである。

この間《かん》も、パンコースト一家は粛々と日々の仕事をこなしていた——できるかぎり忙しくしながら。時は三月。冬は去りつつあった。そしてシークレストの町は、ここが夏のリゾート地であることを思い出しはじめた。五月末の戦没将兵記念日《メモリアルデー》からどっと押しかけはじめる観光客のための準備が、いたるところで目につくようになった。商店主たちはショウウィンドを飾りつけている。トラックが店の前であらゆる種類の商品の荷下ろしをしている。日焼け止めローションの段ボールから、ピンクやオレンジの蛍光色で〝波の頂き《シークレスト》〟(または〝セックス絶頂《クレスト》〟)と印刷したTシャツの束まで。

週に一度の買物にでかけたドイル夫人は、町が陰鬱な冬眠状態を捨てて陽気な顔を見せつつあるのに気がついた。激しい北風と塩気をふくんだ水しぶきから守るために、板張りの遊歩道のあずまやに掛けられていた茶色のカンヴァス布も取り払われている。その屋根を熱心に鮮やかなエメラルドグリーンに塗っている男がいる。遊歩道ぞいのベンチも、ペンキが塗りかえられていた。海のほうへ目をむけると、三角波に色鮮やかな帆を張ったヨットが数艘揺れているのが見えた。勇敢なヨット乗りが何人か、三月の風に挑戦しているのだった。

しばらくして、食料品の袋をかかえて館に入ったドイル夫人は、気持ちがうきうきしているのを感じた。手足は寒さでかじかんでいたが、装いを新たにしようとしている町を垣間見たことが、彼女の心を温めたのだ。彼女は意気揚揚と台所に駆けこんだ。

エミリーとジュディスがキッチンテーブルに座って、陰気に見つめあっていた。彼女が入ってきたのにも気づかない様子だ。

「どうかしました？」

エミリーが両手で目を押さえた。ジュディスは指輪を回し顔をそむけた。

ドイル夫人は食料品をどさりと下ろした。「話してください」

ジュディスは深い息をついた。「いままでここにスザンヌがいたの」

「それで？」

「アダムが今朝からセーリングに行ったまま、まだ帰らないんですって」

「でも――まだ明るいし」

「三時にはもどると約束してたのよ。彼が映画館に子供たちを迎えに行くことになっていたの」ジュディスがいった。

「迎えに来なかった？」

「ええ。子供たちはさんざん待ったらしいの。家に電話するお金がなかったのでね。キャンディやポップコーンに全部使ってしまったんでしょう。子供たちはやっと歩いて帰った。スザンヌはもう半狂乱だったわ。子供たちを捜しにここへ来てたのよ。そこへベビーシッターから電話で、子供たちが帰ってきたことがわかったの」

「ベビーシッターがいたのはね」とエミリーが説明した。「スザンヌとアダムが二、三日旅行に行く予定だったからよ。車に荷物もすっかり積みこんで――」

では、スザンヌはドイル夫人の助言を聞きいれたのだ。「で、アダムはまだもどらないんですか？」

「ええ」とジュディス。「それだけじゃない――」指輪をぐいとねじった。

「ドールハウスの馬車小屋からヨットがなくなってるの」とエミリー。

ドイル夫人は海で揺れていた色とりどりの帆を思いうかべた。なんと楽しげに見えたことだろう。手近な椅子にどっかりと腰をおろした。「ヨットは、お子さんのだれかが玩具に持っていったんじゃありませんか――」確信もなく、彼女はつぶやいた。

玄関のベルが鳴った。

「来たわ」ジュディスがエミリーを見た。

「わたしが」ドイル夫人は、スザンヌと子供たちだろうと思って、ドアにむかった。だが、戸口に立っていたのは見知らぬ、がっちりした二人の男だった。

「ひまわり引っ越しセンターです」背の高いのがいった。

「家をまちがえたんじゃない。引っ越しはしませんよ」

「いいえ、するのよ」エミリーが声をあげた。「入ってもらって、ドイルさん」

ドイル夫人は道をあけた。二人の男はホールに入ってきた。

「運ぶものは？」一人が訊いた。

「あれよ」ジュディスがドールハウスを指差した。

男たちは困ったような顔をした。「でも、物でいっぱいですよ」

「あれぐるみ、運ぶの」エミリーもやってきて、ピカピカの床を杖でコッコツたたいた。一人が肩をすくめて相棒の顔を見、それからジュディスにむき直った。「どこへ運びますかね？」

「裏庭に――家からたっぷり五十フィート離れたところよ」

「いいすよ。どこへなりと」彼はドールハウスの片側を持った。相棒が反対側を持った。あっというまに彼らはこの大きな建造物を――まるで爪楊枝でもつまむように――ダイニングルームから台所、食器室から裏庭の奥深くへと運んだ。そして中の細かいものをほとんど揺らすこともなくそっと下に置き、伯母様たちのさらなる指示を待った。

「それでけっこうよ、ありがとう」ジュディスがいった。

背の低い男が頭をかき、あたりを見まわした。「ここじゃ、濡れませんかね」

「わたしたちもそれは考えたけど――」ジュディスがいいかけた。

「すべて考慮ずみよ」エミリーがいった。

男たちがホールにもどると、エミリーは料金をたずねた。

交渉担当の長身の男が顔をしかめた。「そうすね。時間外ですからね。超過料金もらわないと。ここまでの出張費もあるし。でも軽い仕事だから、二十五ドルでいいすよ」

エミリーはポケットから刺繍の財布を取り出して紙幣を数えた。

「レシート、いりますか」すでにペンとレシート用紙の束を持っている。

「いらないわ」

ドアが閉まるとすぐに、エミリーは妹を振り向いた。「マッチ、持ってる?」

ジュディスはマッチ箱を渡した。

ドイル夫人は二人の老婦人に続いて、裏口から庭に出た。クロッカスが何本かと、スノードロップが少し芽を出していた。ジュディスは花壇から一つかみ藁を取って、ちいさな部屋に少しずつそれを押しこんだ。さっき海で三角波を作っていた風はおさまっている。エミリーがマッチを擦るのになんの苦労もなかった。

彼女はまず寝室のカーテンにマッチを触れた。炎はゆらぎ、燃えあがり、ひろがった。塔と角櫓《かどろ》とバルコニーが最初に崩れ落ちた。それから馬車小屋の丸屋根と、装飾をほどこしたポーチが崩れた。もう一度ぱっと炎があがり——はじけるような音がしたと思うと、残ったのは赤い燃えさしの山と、ベニヤと膠の焦げる匂いだけだった。

二人の老婦人は熾《おき》が灰色になるまで庭にいた。それから腕をとりあってゆっくりと館にもどった。

ドイル夫人はうやうやしく距離をおいて後に続いた。

三月二十二日　ミルドレッド・パンコーストの日記

二人はついに実行した。老女たちはわたしの助言を受けいれて、ドールハウスを燃やした。たぶんこれで、わたしたちに平和がもどるだろう！

29

アダムが失踪して数日後に、彼の〈稲妻号〉が浜に打ち上げられているのが発見された。警察が調べた結果、主帆《メーンスル》を繋いでいたロープが故意に削られていた。帆が最初の強風の一撃をうけたとたんに落下するように、ロープのあちこちがナイフでぼろぼろにされていたのである。彼がヨットを出した日は、かなりの突風が吹いている。

フェニモアはすぐにやってきた。（今や彼は通勤者といってもいいだろう。）彼はスザンヌに鎮静剤を与え、ドイル夫人に頼んで子供たちのお守役を手配させた。ミルドレッドが預かろうと申しでたが、情緒不安定な彼女にこれ以上どんな責任を負わせるのも無理だろう、とドイル夫人は判断した。代わりに選ばれたのが、親切で行き届いたパーキンス夫人だった。

フェニモアは一時間ほどシークレスト警察と話し合った。彼らの話によるとすでに州警察の出動が要請され、正式に彼らが事件の捜査にあたっているとのことだった。そのあとで、州警察によるアダムのヨット――および欠陥のあるロープ――の検証に立ち会うことをゆるされた。もしアダムが海に投げ出されたとしたら、その日の水温(華氏三十度)ではいくらも泳がぬうちに凍えて溺死しただろう、ということで意見が一致した。その日大胆に海に出ていたわずかの漁師やヨットマンたちの中に、彼を目撃した者がいないか探したが、アダムがヨットを出すところを見たべつのヨットマンが一人いただけだった。午前七時ごろのことだったという。だが彼はその後すぐにアダムを見失った。自分のヨットの操縦に必死だったからだ。その日はそういう天候だった。

警察と協議の上、フェニモアは伯母様たちからアダムが姿を消したそもそもの状況を聞くべく、パンコーストの館にもどった。玄関ホールに入ったとき、階段の下が穴でも開いたようにからっぽなのに、びっくりした。ドイル夫人がひそひそ声でドールハウスの運命を話して聞かせた。

彼は首を振った。「中にあったものも」

「全部消えたわ。煙の中に」

アダムやほかの人々を失ったことにくらべたら、些細なことだ。嘆くべきではないとフェニモアは自分を戒めたが、かくも無意味な破壊行為に腹を立てずにいられなかった。内心でミルドレッドを責めた。

ドイル夫人はミルドレッドの計画に自分が加担したこと――というか、心ならずもそれを黙認してしまったこと――を知られまいと用心した。今でも自分が信じられないでいた。〝犯人の行動パターンを乱す〟なんてたわごとを本気で信じていたのだろうか？ それとも年のせいで、ミルドレッドのように迷信ぶかくなっていたのだろうか。

伯母様たちは、フィラデルフィアに帰る前にどうしても先生に軽い夕食を差し上げたい、といいはった。けっこうな食事だった。みんな、いちばん心にかかっている話題を用心深く避けながら、とりとめのない会話に努めた。天候や、食べ物や、それぞれの健康状態について。エミリーは頭痛を訴えた。ジュディスは関節炎を、そしてドイル夫人は——慢性消化不良を。医師はどのケースも〝神経性〟だと診断し、早足の散歩を奨めた。ただエミリーはべつだった。彼女の腰はずいぶん回復していたが、まだ早足は論外だった。彼女にはアスピリンが処方された。

デザートのとき、フェニモアは彼女たちの気分を変えようと、ホレイショの母親を往診したことを話した。

「そんなところによく住んでいられることね」話が終わるとエミリーがつぶやいた。

「もう少しましなところを、見つけてあげられるんじゃないかしら」ドイル夫人がいった。「わたしのアパートメントのビルに空き部屋があると思うけど」

フェニモアは心を動かされた。ホレイショと仕事場を分けあうばかりか、住む建物まで分かち合うなんて、彼女がどんな犠牲を払おうとしているかよくわかる。彼はただこういった。「家賃はどうして払う？」

「援助できると思うわ」ジュディスが申し出た。

フェニモアは激しく首を横に振った。

「どうしていけないの？」ドイル夫人が訊いた。

「ホレイショもお母さんも、それに家族の全員も、治療不能の珍しい病気にかかっているんだ」

「なんてこと」二人の姉妹は息をのんだ。

だがドイル夫人は懐疑的だった。彼が患者の病歴を人に明かすのを、いままで一度も見たことがなかったからだ。「なにが問題なんです」彼女は問い詰めた。

フェニモアは厳しい目で看護婦を見つめた。「プライドだよ」彼はいった。

うちへ帰るあいだじゅう、フェニモアは警察を責め、ドイル夫人を責めたが、だれより非難すべきは——パンコースト事件を解決できずにいる自分自身だった。

「この事件でぼくの役に立ってくれているのは」と彼は車の中でつぶやいた。「殺人犯だけだ——着々と容疑者を減らしてくれてるんだからな——一人ずつ」

30

ホレイショは地下室で、今晩ご婦人たちに教える予定の新しい動きを練習していた。自分の技をよく観察できるように、地下室の片隅には等身大の鏡をとりつけてある。とても複雑な型をきめて、我ながらほれぼれながめていたとき、上の診療所の電話が鳴っているらしいくぐもった音が聞えた。

「くそっ！」彼は姿勢を崩して階段を駆け上がった。

「はい、フェニモア診療所です」秘書の役をやるのは大嫌いだった。

「先生、いらっしゃる？」高齢の女性の声は、ちょっと喘いでいるようだ。

「いいえ、でも連絡はつけられます」

「あなた、ホレイショ？」

「はい、そうです」

「ああ、よかった。お願いがあるの。わたし、ジュディス・パンコーストよ。姉のエミリーが目眩を起こしてね。ペースメーカーがどうかしたんじゃないかと思うんだけれど」

ホレイショは胸がドキドキし、手のひらに汗がにじみ出た。なんだってこんなときにクソ先生はクソ診療所にいないんだよ？「ドイルはいないんですか」

「ドイルさんは今日一日、海洋博物館に出かけてるの」

「くそっ」

「なんですって？」

「あのトランスミッターの使いかた、わかりますか」

「ええ、わかる」

「じゃあ、接続して。ぼくは先生をつかまえるから」

「わかったわ」

ホレイショはダイアルする音が聞こえるまで、受話器のボタンをぎゅうぎゅう押した。医師のポケットベルの番号をダイアルし、電話を切って待った。そしてよく医師がやっているように、指でデスクを叩いた。二分たって、電話が鳴った。

「どうした？」

ホレイショは話した。

「きみの処置は正しかったよ。エミリーは病院へ行くべきなんだが、行こうとしないのはわかってる。ぼくが往診しよう。プログラマーを見てみないと。ペースメーカー会社が心電図を診療所にファックスしてくれるから、ぼくがそれを取りに寄るよ。砦はきみが守ってくれるね？」

ホレイショは歯軋りした。「いいけど……」

「よろしい。大急ぎでそっちへ行く」

少年は受話器を置いて大きく息を吸った。


「姉は書斎よ、先生」ジュディスがフェニモアを、書物にかこまれた心地よい部屋に通した。エミリーは両脚をのばし、目を閉じて長椅子に横になっていた。

「先生がみえたわ」ジュディスがささやいた。

エミリーは目を開けた。「来てくださると思った」と微笑んだ。

フェニモアはそばに椅子を引き寄せて、脈をとった。ゆっくりだが、まだ正常の範囲内だ。ホレイショが渡してくれたペースメーカー会社からのファックスは、電池も切れていないし人工ペースメーカーもちゃんと働いていることを示していた。「さてと、気分が悪いのはどのへんですか」

「あら、たいしたことはないのよ。ときどきちょっとおかしくなるだけ」

ジュディスが天井まで眉を吊り上げた。

「どんなふうにおかしい？」

「力がぬける感じ」

「どこが？」

「腕や、脚や」

「頭はどうです？」

「頭はからっぽ」

「くらくらする？」

彼女はうなずいた。

「最後にそうなったのはいつですか」

「今朝よ。書き物机の引出しを整理していたら、突然立っていられなくなったの。そのときに、あなたに電話してってジュディスに頼んだのよ」

「今もくらくらしますか？」

「いいえ、今は」

フェニモアはポケットから聴診器を取り出した。彼がエミリーの心臓の音を聞くあいだ、二人は静かにしていた。今のところは問題なかった。彼女の心臓は一分間に六十二の心拍数を刻んでいる。しかし、心拍数が正常値以下に落ちたときに、なぜペースメーカーが作動しなかったのだろう？　ペースメーカーにも異常はない。バッテリーも大丈夫。となると可能性は一つ。

　フェニモアはプログラマーをケースから出して、設定値を調べた。彼自身の心臓が早鐘を打ちはじめた。何者かによって、エミリーの心臓が求めるよりはるかに低い基準に設定値が変えられているではないか。一分間に五十五の心拍数で作動するべきなのに、三十五まで落ちないと作動しないようにリセットされていたのだ。だれがやったにせよ、彼がプログラマーをシークレストに残していった十二月からこうなっていたにちがいない。エミリーのもともとの心臓が最近まで正常に動いていたから無事だったのだろう。故障が出たとき、目眩が始まった。それとも――彼が間違いをしでかした、という可能性があるだろうか？　彼が設定を間違えたという可能性が？　フェニモアは細心の注意を払って正常な数値に設定しなおし、プログラマーをケースにもどした。

「わたし、どこか悪いの、先生？」彼があまり長く黙っているので、エミリーは心配になった。

「いやいや。大丈夫」彼は彼女の手をそっとたたいた。「眠くありませんか」

「少し眠いわ」

「しばらくお休みになったらどうです。目が覚めたら、病状をお話しましょう」

「そうね、それがいいでしょう」

　フェニモアは立ちあがった。「ブラインドを下ろしていいかな」

「もちろんよ」ジュディスは窓へ急いで、重たいダークグリーンのブラインドを引いた。

日の光はたちまち淡いグリーンの輝きに変わった。まるで水中にいるような感じだった。

「このほうがいいわ」

エミリーはふたたび目を閉じた。

フェニモアは唇に人差し指をあて、ジュディスを部屋から連れ出した。

客間でお茶を飲みながら、彼はエミリーの状態をジュディスと話し合った。彼女を動揺させたくないので、いまさっきプログラマーについて発見したことは黙っていることにする。それに、万が一彼のミスだった場合、もちろんジュディスには知らせたくなかった。医師としての彼に対する彼女の信頼は、永久に失われてしまう。「お姉さんが腰の骨を折ったときのことですが、その直前に今みたいに〝おかしくなる〟ことがあったんでしょうね」フェニモアは訊いた。

ジュディスは、二人で人形を埋めたあの悲しい日のことを思い返した。「わからないわ、先生。なにもいわなかったから。でも、エミリーはああいう人ですからねえ」

フェニモアはうなずいた。二人とも、エミリーの気性はよくわかっている。自制心が強く、よくよくのことでなければ弱音を吐いたりしないのだ。ほとんどの場合これは賞賛されるべき性格だが、こと病気に関しては困ったものである。

「エミリーの人形に最近なにかあったとか、そんなことはありませんよね？」

ジュディスの手が喉元で震えた。「まさか――？」

「とは思うけれど、油断はできません」

「ああ、先生、わたし怖いわ」

フェニモアは眉をひそめた。「人形はどこに埋めてあるんです」

「庭よ。何年前だったか、エミリーが初めてペースメーカーをつけたとき、わたしたちエミリーの人形の胸をちょっと開けて補聴器の電池を入れたの。ペースメーカーに似たちいさな物って、それしか思いつかなかったから。そしてまた、もとどおり縫っておいたの」

フェニモアは首を振った。「あなたがたときたら、よくよくの凝り性ですねえ、そこまでやるとは」

ジュディスは微笑んだ。

二人が世間話をしていると、ドイル夫人が入ってきて――今日一日のことをまくしたてた。海洋博物館、ほんとにすばらしかったわ！　タコやイカがいっぱいいてね。そこを見学したあと――彼女は医師の顔を見て急に口をつぐんだ。「ここで何をしてらっしゃるの、先生」

留守中になにがあったかを聞いて、彼女は愕然とした。

「気にしないでいいよ、ドイル。休日は必要だ。館から一歩も出ないなんて無理な話だ」

それでもドイル夫人は悔しがって、エミリーをのぞいてくると言い張った。もどってきた彼女は、老婦人がすやすや眠っていると報告した。

ジュディスがお茶を入れ替えに部屋を出ると、フェニモアは彼女にプログラマーのことを打ち明けた。

彼女は目をむいた。

「人形を埋めた場所を教えてくれないか」

「ええ、この前、ジュディスに教えてもらったから」

「そこへ行こう」

「どこへいらっしゃるの?」ジュディスが湯気のたつティーポットを持って戸口にあらわれた。

フェニモアとドイル夫人はもう一杯お茶を飲み、それからフルコースのディナーを食べざるをえず、そのあとでようやく、二人で一緒に庭を散歩したいと言い出すことができた。

「でも真っ暗よ」ジュディスは反対した。

「そこが大切なんです、星を見るんですからね」フェニモアはドイル夫人に微笑みかけた。「ここだと、街中よりはるかによく見えるんですよ」

「それはまあ――」一瞬、ジュディスはいぶかった。医師とこの看護婦のあいだになにかあるのだろうか？　だがすぐにその考えを打ち消した。ドイル夫人のほうが少なくとも十二歳は年上だもの。とはいっても、信じられないようなことが起きるものだし……

庭に出ると、ドイル夫人は人形が埋められた一角に医師を案内した。墓は浅くて、簡単に両手で靴箱を掘り出せた。フェニモアは患者の喉を診るのに使う小型の懐中電灯を持ってきていた。彼がそれをかざすあいだに、ドイル夫人がエミリーの人形を探し出して彼に渡した。

フェニモアは注意深く人形の木綿の胸を調べた。右上腕部側に爪切り鋏で切ったような小さな切り口――ちょうど補聴器の電池が入る程度の――が見つかった。彼はその穴を指で探ってみた。電池はなくなっていた。

31

フェニモアは書いたばかりのリストをながめながら、デスクの前に座っていた。

容疑者

1. エミリー
2. ジュディス
3. スザンヌ
4. ミルドレッド
5. キャリー
6. フランク

プログラマーの設定を変えられるのはだれだろう？　それだけの知識をもっているのは？　エミリーとジュディスは、彼の作業を何度となく見ている。だがエミリーが自分でそんなことをするはずがない――深刻な事態になる前にフェニモアが発見して助けてくれることを予期し、自分も被害者となって容疑者から外してもらおうとした、というならいざしらず。それは考えすぎだよ、フェニモア。ジュディスにはいちばんチャンスが多いし、操作するだけの知識は充分にある。だがほかの人間はどうだろう？　スザンヌもミルドレッドもカラテの演技披露のときはこの館に来ていたが、彼がプログラマーを設定しなおしたとき部屋には一度も入ってこなかった。しかし、彼は操作法のマニュアルを残して帰った。しかも二人の知的水準からいえば、マニュアルを読めば設定は簡単に変えられるはずだ。しかも二人とも館に近づくのに問題はない。始終出入りしているのだから。それからキャリー。彼女もちょくちょく立ち寄っている。しかも覚えが速く、医学にはとくべつの興味をもっている。あの日はホレイショと一緒に部屋にいて、フェニモアがプログラマーを設定するのをじっと見ていた。（もしかしたら、ホレイショがやったのかもしれんぞ！　彼はちょっとジョークをつぶやいてみた。）パンコースト姉妹は遺書でキャリーにも遺産をあたえることにしているのだろうか？　彼が話を聞きにいった信託担当者は、あまり小額なのでキャリーのことは見過ごしていたのかもしれない。あの娘には、看護婦になるための学資の足しに、金が必要だ。だが、そうは思いたくなかった。ドイル夫人が、ハイスクールから援助があると話していたのではなかったか？　姉妹にキャリーのことを訊いてみよう。フランクはというと、彼にはプログラマーを操作するだけの頭脳があるかどうか疑わしい。それにもう、彼はマリーのためにポーズをとることもない――気の毒なマリー――フランクにはもう、パンコースト家を訪れる理由がないのだ。どの容疑者をとってみても、とても犯人とは思えなかった。

同じ紙切れの裏に、フェニモアは書きつけた。

動機

1. カネ
2. 色恋
3. 権力
4. 復讐

サールが〝ニャーオ！〟といって膝に飛びのってきた。翻訳すると？（体をなでる時間よ。）フェニモアは従った。彼の最高のアイデアは、猫をなでているときにうかぶことが多いのだ。

〝ゴロゴロゴロ〟（ありがと。）

彼はドイル夫人が渡してくれた情報の紙切れを取り上げて、先へ進んだ。

口コミによる断片的情報

ビーズリー夫人の話——子供のころ、ジュディスはエミリーのことを怒ってたのよ。エミリーの方が頭がよかったし、父親が彼女のほうを贔屓にしたとジュディスは思ってたから。でも娘時代には、ジュディスのほうが美人だというので、エミリーが彼女に腹をたててたわね。それから子供のころのエドガーは、お姉さんたちをうらんでたわ。自分を赤ちゃん扱いし、ひらひらしたドレスを着せたり髪をカールにしたりするといって。

キャリーの話——ミルドレッドはパメラを嫌ってました。自分より頭もいいし教育があって、見下されるからって。トムとミルドレッドの結婚は壊れてたんじゃない。ミルドレッドの占星術とトムのお酒のことで、二人は年中ケンカよ。アダムとミルドレッドは、おたがいに我慢できなかったみたい。アダムはミルドレッドをバカだと思ってたし、ミルドレッドはトムを——コチコチの気取りやだって。

フランクの話（冷たいビールつきで！）——マリーは聖女さ。彼女と結婚できたなんて、エドガーは〝メチャ〟運のいいやつだ。ハイスクールのころから、おれは彼女に〝ホの字〟だった。亭主は彼女に感謝してほしいと思うよ。トムはいいやつさ。ミルドレッドはアホだね。スザンヌはちゃんとした女。アダムは絶対禁酒主義（これがいちばん悪い。)

これでは動機だらけ。フェニモアはなでる手を止めた。「ニャーオ!」(もっと。)またちょっと奉仕活動を続けたが、彼は断りもなく急に立ちあがった——いきおいサールは床に飛び下りることになった。「グルル」(いやねえ。)ぴしっと尻尾を一振り。(すぐもどるからね。)

フェニモアは電話に歩み寄ってパンコースト家のダイヤルをまわした。ちょっとエミリーと話をして、姉妹が遺言でキャリーにささやかな額を遺すことにしているのを確かめた。でも、キャリーには一言もいっていませんよ、とエミリーは念をおした。

「キャリーは人形が埋められた場所を知ってますか」彼は訊いた。

エミリーには答えられなかった。

彼は次の電話をかけた。

「はい」バックに子供の泣き声がする。

「フェニモアだ。ちょっと教えてくれないかな。パンコーストさんをわずらわせたくないし……」

「なに?」騒音にかき消されぬよう、大きな声を出した。

「人形はどこにある?」

「何ですって、先生？　静かにしてよ、エディ！」

「パンコーストさんのところの人形、どこにあるか知ってるかな？」

「しまったかどうかしたんじゃないかしら。いつもはクローゼットの中よ」

「でも今はどこにあるか知らないの？」

「エディ、ラケット振り回さないの。いえ、ごめんなさい、先生。知らないわ」

「ありがとう、キャリー」電話を切った。もちろん、彼女が嘘をついている可能性もあるが、彼女の否定には真実の響きがあり、彼は満足した。

だがフェニモアの満足は短命だった。これで容疑者を二人削除できたかもしれないが、まだ四人残っている。髪の毛をかきむしった。だれか話す相手さえいてくれれば。サールはたのしい相手だが、限界がある。

窓枠のところから猫は彼に冷ややかな視線を送ってきた。

彼は溜息をついて腰をおろし、ジェニファーに手紙を書きはじめた。盗み見をするドイル夫人がいないから書きやすい。だがパンコースト事件のことを書くのは困難だった。どう言葉で取り繕おうとしても、自分に脚光を浴びさせるわけにはいかないのだ。手紙を締めくくると、彼はむかいの壁を見つめたまましばらく座っていた。けっしてよい徴候とはいえない。

「よう、ドク！　これ、どこに置こうか？」

物思いにふけっていたフェニモアは、ホレイショが入ってきたのに気づかなかった。少年は戸口に立って、平たい円いものを手にのせている。

「〝まぬけのサイモン、ばったり会ったよ、市場に出かけるパイ屋のおやじ……〟」彼は歌った。

「そんな歌、知ってるのか」

「へえ、母さんが《マザー・グース》知らないと思ってたのかい？　ぜーんぶ、知ってるぜ――《ジョージー・ポージー》《バー・バー・ブラックシープ》《イナイイナイバア》――」

「わかった、わかった」フェニモアは笑い出した。この少年がいるといつも気持ちが明るくなるのはなぜなんだろう？

ホレイショはそっとパイを自分のデスクに置き、ホイルのカバーをはずした。コマーシャルによくあるように、皮はこんがりキツネ色、天上から漂いくるようないい匂い。

フェニモアは手をのばして触ってみた。まだ温かい。

「母さんがあんたのために焼いたんだ。リンゴとレーズン」ホレイショは舌鼓を打った。

「これが手紙」そういうと、表に美しい筆記体で〝フェニモア先生へ〟と書かれた淡いブルーの封筒を、ぽいと手渡した。

「これはキッチンに置いてくれないか」――フェニモアは手を振ってパイを遠ざけた――

――「でないと今すぐ全部平らげそうだからね」彼は手紙の封をきった。

親愛なるフェニモア先生、

息子のレイが貴方をここへお連れしたこと、まことにお恥ずかしいかぎりでございます。わたくしが気を失っておりませんでしたら、お引き取りいただいたことでしょう。もしまた具合が悪くなりましても、今度は警察を呼ぶようレイには申しつけておきました。大病院にはいれる可能性もないとはいえませんから。このような地域に、貴方には二度とお越しいただきたくありません。ですから、お手紙をさしあげることにいたしました。請求書はどうなっておりますでしょう？　お金をたくわえて、お待ちしております。金額だけお教えいただければと思います。どうぞレイにもたせてくださいませ。

敬具

ブリジェット・ロペス

追伸　息子は貴方のことを敬愛しております。

この文字はすべてブルーのインクで、カトリック校風のじつにみごとな筆跡で書かれていた。
「母さんはなんだって?」台所からもどったホレイショが不安な顔で訊いた。
「きみには関係ないよ」フェニモアはデスクの引出しから便箋とペンを取り出した。ずっと読みにくい字で書き出した。

親愛なるロペス夫人、
すばらしいアップル・レーズン・パイをありがとう。ディナーのときに平らげてしまいそうです。
請求書の件は、わたしにお任せくださいませんか。わたしが個人で開業している理由のひとつは、患者さんの治療法や請求法についてだれからも指図されないということなのです。ご子息から、あなたも独立を重んじる方のように聞いておりますので、きっとご理解いただけると思います。
こんなにすっかり回復なさって、ほんとうによかったですね。

敬具
医学博士アンドリュー・B・フェニモア

フェニモアはちらとホレイショに目をやった。少年は椅子にだらりと座り、ふてくされたような顔で仕事にかかる様子もない。

仰々しく追伸を付け加えた。〝追伸　ご子息は診療所にとって貴重な人材です〟

彼はこれを封筒に入れ、表に〝ロペス様〟と書いて封をした。「さあ。これをポケットにしまってお母さんに届けなさい」

ホレイショは顔を歪めた。

「どうした？」

「おれは秘密はきらいだ」

「秘密とは？」フェニモアはうしろめたそうな顔をするまいと努めた。

「なんでおれに見せてくれないんだよ」

「きみのお母さんとぼくとの、個人的な手紙だからね」

「おれのこと、なんといってる？」

根負けして、彼は手紙をホレイショに放ってやった。

最後の行までくると、少年の黒ずんだ顔に赤味がさした。

「心配するなよ」フェニモアは笑った。「きみがそんなことといったとは思わないから。さて、授業の時間だ。今日はＣＶＳ、いわゆる〝発作〟ってやつのことを教えよう」彼は少年の隣に腰を下ろし、今しがたアメリカ医師会報で読んだばかりのこみいった記事を、初歩的用語をつかって説明しはじめた。

フェニモアが母親にあてた手紙の内容をホレイショが知るのは、わけのないことだった。ロペス夫人は友人から親戚にいたるまで全員に、わざわざ追伸に注意をひきつけてこの手紙を見せてまわったからだ。ホレイショが冷ややかにしかも冷静に〝殺してやる〟と母親を脅さなかったら、この手紙は額に入れられ《医師》のポスターの隣の壁に飾られたことだろう。

32

四月

三月が四月になった。アダムの遺体が発見されないので、パンコースト家が代々洗礼を受け、結婚し、弔われてきたちいさな長老派教会で、彼のための追悼式が行なわれた。スザンヌは自分の悲嘆が子供たちを蝕みつつあることに、徐々に気づきはじめた。子供たちのために、彼女はきっぱりと鎮静剤と手を切った。これに反して、ミルドレッドの神経症的な状態は確実に悪化していった。カップやグラスを取り上げるとき彼女の手は必ず震えているし、ごくたまに口を開けばその声もいつも震えていることに、ドイル夫人は気がついていた。

以前彼女が好んだ派手な衣裳は、古びた染みだらけのレインコートに変わった。この泥色の服に身を包んで、何時間でもぶっとおしで遊歩道に座りこんでいることが多くなっていた。

ある日、ドイル夫人が急ぎ足で遊歩道を歩いていると（フェニモアの指示により）、ミルドレッドがみすぼらしい店から出てくるのが目に入った。店の前には看板が出ていた。

マダム・ゾーラ
——霊媒——
タロットと手相判断
五ドル

「今年はマダム・ゾーラのお店、開くのが早いわね」ドイル夫人はいった。

「一年中、開いてるわ」ミルドレッドはいった。「二階に住んでるんだから」彼女は海に顔をむけ、ベンチに腰を下ろした。

「座ってもいい？」ドイルは訊いた。

ミルドレッドはじっとガラス玉のような目をむけた。「無料よ」

ドイルは座った。白い波が遊歩道に打ち寄せるのをちょっとながめてから、ドイルは訊いた。「マダム・ゾーラの占いは、なんですって？」

　返答なし。

「少し冷えてきたわ」ドイルはウールのコートをしっかりかき合わせた。ミルドレッドの服装はさらに寒そうだ——薄いレインコート、素足にサンダル。「一緒に町に帰って、お茶でも飲みません？」

「えっ？」

「熱いお茶よ」まるで耳の聞えない人物に話しかけているようだった。「わたしと一緒にいかが？」大声で叫んだ。

「大声出さなくても聞こえてるわ」ミルドレッドは顔をしかめた。だがドイルが立ちあがると、立ちあがって雨ざらしの板張りの遊歩道を町までついてきた。

　マダム・ゾーラの店と同じで、ティー・ショップも一年中開いている。遊歩道で冷えきった体には、温かくて居心地のいい店に感じられた。ドイルは窓際に二人用のテーブルを見つけ、注文した。「ポット入りのお茶とケーキをお願い」

　お茶とケーキを待つあいだ、看護婦は会話を試みようとはしなかった。ミルドレッドはそわそわとメニューや、フォーク類や、ナプキンをいじりまわした。と、突然まっすぐにドイルを見つめた。「あなたがわたしと一緒にお茶を飲むのを怖がらないなんて、意外だわ」

ドイルはびっくりした。

「わたしたちの一人にちがいないんだもの」ミルドレッドの声には抑揚がなかった。「エミリーか、ジュディスか、スザンヌかわたし。残ってるのはそれだけ。あなたはだれだと思う？」

沈黙するのはドイルの番だった。

「なにか考えてることがあるんでしょ！」彼女の声が高くなった。「あればいいんですけどねえ、ミルドレッドさん、でも――」

「わたしがあなたのカップに毒を入れるんじゃないかって、思わない？」

近くのテーブルの客たちがこっちに目をむけた。

ドイルは微笑んだ。「全然。わたしは生まれつき冒険好きなんですよ」

「牡羊座？」

彼女はうなずいた。

「わたし双子座。だから怖くて死にそう」

「お子さんたちとお屋敷のほうに来て、しばらくお泊まりになったら」ドイルは奨めた。

「寂しいでしょ、お宅では――」

「冗談じゃないわ」目がぎらぎら光った。「あんな死の館に二度と足を踏み入れるもんですか」

ウェイトレスがポット入りのお茶とケーキの皿を置いて、逃げるように立ち去った。

ドイルはお茶を注いだ。まず、ひとくち飲んでからしゃべり出した。「お子さんたちはどうしてます?」楽しげな口調だった。

「元気よ――わりにね」彼女は口ごもった。「パパに会えなくて寂しがってるわ」

ドイルは同情してうなずいた。「もちろんそうでしょうねえ」

ミルドレッドの目が突然うるんだ。「わたしだって寂しい」

ドイルはテーブルごしに手をのばして彼女の手を握りしめた。ミルドレッドはそれをさっと払いのけると、自分の紙ナプキンをびりびりに破りはじめた。それからようやくいった。「マダム・ゾーラはなにかを見たんだわ、きっと。なにか……わたしに言えないようなことを。だから彼女は――」

「ねえ、聞いて、ミルドレッド」怒りのあまりドイルは彼女を呼び捨てにした――「マダム・ゾーラはインチキよ。未来のことなんか、なにも知っちゃいないわ、あなたやわたしとおなじ――」

「そんなふうに思ってるのね!」ミルドレッドは椅子をひっくり返さんばかりにして跳び上がり、大股に店を出て行った。

ドイルは代金をテーブルに放り出すと、唖然としている店の客たちを尻目に彼女の後を追った。

ミルドレッドに追いついたとき、彼女は詫びた。「ごめんなさい。あんなことというべきじゃなかったわ。だれにでも信じる権利はあるんですものね。でもせめて、お屋敷に来てディナーを召し上がって。ジュディスさんはすばらしい料理人よ。それにいつも、食べきれないほど作ってしまうの。途中でお子さんたちを拾って——」

驚いたことに、ミルドレッドは承知した。「子供たちのことは気にしないでいいわ。妹に電話して、お守りしてもらうから」

女心の変わりやすきこと、春の空模様のごとし。

丘をのぼるうちに風は静まり、ちいさな海辺の町はあたたかな黄色い光に包まれた。美しい夕焼けの——あるいは突然の嵐の——前触れとなりがちな眩さ。このときも歩みを進めるうちに、パンコースト館のうしろの空は、ピンクからラヴェンダー色に、そして黄金色に変わった。角櫓《タレット》や頂塔《キューポラ》やレースのようなバルコニーが移りゆく夕空の中にくっきりとうきあがっている。心やすまる一瞬だった。

ドイルはエミリーから預かったキーで玄関のドアを開けた。ホールは暗かった。姉妹は明かりをつけるのを忘れたらしい。スイッチを見つけた。広々したホールはますますだだっ広く見えた——ドールハウスがなくなったせいだ。ミルドレッドのコートを取ろうと振り向いたが、彼女が見動き一つせず突っ立っているのにびっくりした。ドイルは彼女の目は、ドールハウスが置かれていた台の上のものに釘付けになっていた。

視線を追った。何か白くてちいさなもの、紙を丸めたようなものがのっていた。

ミルドレッドがそっちへ歩き出した。

ドイルもしたがった。

ミルドレッドがよく見ようと、かがみこんだ。そして喉を押さえた。「やめて!」彼女は後ずさってドイル夫人にぶつかりそうになった。「やめて!」玄関ドアのノブをひっつかんだ。ドアはぱっと開いた。「いや、いや、いや」彼女はうめきながら丘を駆け下りていった。

ドイル夫人はその物体をよく見ようと振り向いた。ちいさな陶器の浴槽——ドールハウスを燃やしたとき焼け残ったらしいわずかな品の一つ。それに水が張ってある。底に洗濯ばさみが沈んでいる。浴槽のわきには、持ち主が無造作に放り出したかのように、豆つぶほどの本が転がっていた。表紙の題名は、なんと『年齢別の占星術』。

おまわりさんの制服を着た人形をつれてこよう！
——ベアトリクス・ポター作「2ひきのわるいねずみのおはなし」より

33

つぎにどうすればいいのか、ドイル夫人はわからなかった。ミルドレッドの後を追う？　伯母様たちを起こす？　二人はいまごろいつも昼寝をする。それとも警察に電話をかける？　それともフェニモア先生に？　彼女の困惑は、階段の上にエミリーが姿をあらわしたことで解消した。

「あら、あなたなの、ドイルさん。人声がしたと思ったものだから」彼女は近寄ってきて、ドイルの顔を見た。「どうかしたの？」

ドイル夫人は浴槽を指差した。

エミリーはそろそろと、一段ずつ階段を下りてきた。浴槽とその中を見ると、彼女も喉元を押さえた。だが彼女の「やめて！」はミルドレッドのよりおとなしかった。

心臓が心配なので彼女を椅子に座らせ、ドイル夫人はジュディスを探しにいった。見つからなかったので、エミリーにジュディスを見かけなかったか尋ねにもどった。

「ああ、いうのを忘れてたわ。午後のバスでオーシャン・シティへ出かけたの。新たに挑戦するエキゾチックなお料理に、スパイスが必要だといってね」

ドイルはジュディスが家にいてくれたら、と思った。いれば助けてもらえるかもしれないのに。

エミリーの心臓が今のよからぬ事態にも持ちこたえていることを確かめてから、ドイル夫人はフェニモアに電話をかけにいった。彼にすっかり話し終えると、指示を仰いだ。

「ミルドレッドの家に電話してくれないか。彼女が無事に帰ってるかどうか確かめる。警察に電話して、浴槽を押収するよう要請する。手を触れちゃいけない。それから、ほかのだれにも手を触れさせないように」

「もちろん、そうしますよ」

「もう一つ、ドイル、警察が帰ったら、ミルドレッドの家へ行って今夜泊まってくれ」

「わかりました、先生」

「絶対に彼女を風呂に入れるなよ！」

「今後一生、彼女はシャワーしか使わないと思いますよ」

「長もちするかどうかは、きみ次第だ」

「シャワーが？」

「いや」間があって「彼女の命が」

警察はドイルの予想以上に手間取った。水の入ったちっぽけな浴槽をめぐって、モメたのである。浴槽をつまみあげて水をあけたら、外側についている指紋を汚すかもしれない。問題は——どうすれば水のはいったこの証拠品を持ち去ることができるか？　そこでドイル夫人が助け船を出した。台所に消えたと思うと、七面鳥に肉汁をかけるのに使うプラスティックのスポイトを持ってきた。そして手際よく水を吸い取ると、スポイトの先でミニチュアの浴槽を持ちあげ、ネットの買物袋に入れた。警官たちは大満足で、ネットを揺すりながら館を出て行った。

「待って——」ドイル夫人は突然思いついて、彼らの後を追った。「今夜、ミルドレッド・パンコーストのところに警備の警官を一人派遣していただけない？」

彼らはうなずいた。

「それからここにも一人ほしいんだけれど、パンコースト姉妹の警護に」

彼らは、困った顔になった。「まだシーズンオフだもんで、うちの署は人手不足なんですよ」

「まあ、できるだけやってみて」ドイルは手を振って彼らを行かせた。

彼らがいなくなると、ドイル夫人はエミリーに、ミルドレッドの家に一晩泊まるようフェニモア先生から頼まれたことを伝えた。「ジュディスが帰ってらっしゃるまで、お一人で大丈夫ですか？」

「もちろん大丈夫よ。ジュディスは一時間もすれば帰ってくるし」

ドイル夫人は一晩泊まりのバッグに必要なものを入れて、急いで家を出た。

ミルドレッドの家に着くと、パーキンス夫人が帽子をかぶって玄関ホールで待っていた。「彼女を一人にしたくなくてね」と彼女はささやいた。「ひどい状態なんですもの」

「心配しないで」ドイルはバッグを下ろした。「わたしがついてますから」

子供たちは眠っていた。暖かな夜なのに、ミルドレッドは毛布にくるまって椅子で体をまるめている。カードテーブルに広げたタロットカードをじっと見つめている。

どの部屋でおやすみになりますか、とドイル夫人は訊いた。

彼女は肩をすくめ、カードから目を上げようともしなかった。

ドイル夫人は平屋の中を歩きまわって、予備のベッドを探した。ベビールームにひとつ見つかった。赤ん坊はすやすや眠っていた。彼女はベッドの隅にバッグを置き、リビングルームにもどった。ミルドレッドはさっきとまったく同じ姿勢で座っている。

ドイルは掛け心地のよい椅子に腰をおろし、長い夜になるかもしれないと思いながら、編み物を取り出した。一段も編み終えないうちに、電話が鳴った。ミルドレッドは出ようとする気配もない。ドイルは受話器を取った。エミリーだった。ジュディスが六時半のバスで帰ってこなかった、という。ドイルは時計を見た。七時すぎている。いまどきの高齢者の元気と独立心には頭が下がるが、お年寄りは彼女の祖母がそうだったように家でおとなしく編み物でもしていてくれたら、と思うことがしばしばある。

「バスターミナルに電話してみました？　バスが遅れているのかもしれないわ」

「したわ。バスは時刻どおり運行してますって」

ドイル夫人は眉をひそめた。「あなたがそこにひとりきり、というのは困りますねえ」ミルドレッドを盗み見た。「でも、いまここを出るわけにはいかないわ。スザンヌに泊まっていただけないかしら？」

「スザンヌは子供たちを歯医者に連れていった後、オーシャン・シテイで食事する予定なの。遅くまで帰らないわ」

ドイル夫人は溜息をついた。「警察が、そちらにひとり派遣できたらする、というにはいってましたけどね。電話のそばにいて、なにか異常があればすぐにわたしに知らせてくださいね。きっとジュディスが次のバスで帰ってらっしゃるでしょうけど」電話を切ると、不安に襲われた。

ミルドレッドはまだカードとにらめっこしている。

「なにか面白い結果が出ました？」ドイルはカードのことを訊いた。

ミルドレッドはいま初めてドイルに気づいたかのような目を[illegible]けた。

「お疲れのようよ。ベッドでお休みになったら。真[illegible]待っ[illegible]いるの」ドイル夫人は財布をたたいた。「フェニモア先生が処方したのよ」

「いらないわ」ミルドレッドはそっけなくいった。

「どうして？」

「鎮静剤はいや。目を覚ましていたいの。用心しないと。やってくるのを見張っていないと……」

「そのためにわたしが来たんじゃありませんか」ドイル夫人は最高に優しい看護婦口調でいった。「あなたが眠っているあいだ、わたしが見張ります」

「あなたが寝こんだらどうするの？」

「わたしは看護婦よ。目を覚ましているのがわたしの仕事。慣れてるわ」

「信じられない。わたしが眠ったとたんに、あなたも眠ってしまうわよ」

ドイル夫人は信頼されないことには慣れていなかった。「ミルドレッドさん、約束しますよ。わたしはフクロウなの。テレビの深夜番組ファンなの」立ちあがって、テレビのスイッチを入れた。「あなたとお子さんたちが朝目を覚ますまで、わたしは瞬きもしません。約束します」

ミルドレッドはテレビの連続メロドラマに気をとられたらしく、それ以上反対しなかった。メロドラマファンのドイルにとってさえ、バカバカしくなるようなドラマだった。彼女は編み物に専念した。次の番組はややましだった。スリラーである。コマーシャルで中断したとき、ミルドレッドがうとうとしているのに気がついた。見られているのを感じたのか、ミルドレッドはハッと目を覚まし、家の奥に姿を消した。ベッドに行ったものと思っていたが、やがてガンガン叩くような音が聞えた。

ドイル夫人は編み物が落ちるのもかまわず、音のするほうへ急いだ。バスルームからだ。中をのぞいた。浴槽のわきに膝をついているのはミルドレッドだった。浴槽の上にベニヤ板がわたしてあり、彼女がそれを釘で打ち付けようとしているのだ。残念ながら浴槽はすべすべしたプラスティック製なので、釘がすべったり跳ねたりして刺さらない。

「お願いよ、ミルドレッドさん。ベッドに入って。朝になったら、それはだれかにやってもらいましょうね」

「いや!」彼女は叫んだ。「どうしても今夜やらないと」

「シーッ。お子さんたちが起きるわ」それが合図のように、赤ん坊が泣き出し、上の二人の子供が戸口にあらわれた。

「ママ、なにしてるの?」トミー・ジュニアが眠そうに訊いた。

親指をくわえたモリーは、重い目蓋の下からじっと見ている。

「自分の命を救ってるのよ」彼女は金切り声でいった。「あなたたちのママの命を救ってるの!」もう一度浴漕に釘を打とうとし、それが床に転がるのを呆然と見つめた。

二人の子供が同時にわっと泣き出した。

ドイルは急いで一泊用バッグのところへ行き、注射器を取り出した。これを持ってこようと思いついたのは天の助けだった。バスルームにもどった。近づくと、ミルドレッドが悲鳴をあげた。「近づかないで。あの針を見てよ。あの人はママを殺す気よ！」男の子がドイル夫人に体当たりしてきて、ちいさな拳で彼女に打ちかかった。だがなんとか、母親の腕に針を刺すことができた。
「助けて、神様、殺される。助けて」ミルドレッドは泣き声になった。子供たちが恐怖にかたまるうちに、母親はベニヤ板の上に倒れ掛かり、金槌が音をたててタイルに落ちた。

子供たちを落ち着かせ、赤ん坊を寝かしつけるのに一時間以上かかった。つぎの仕事はミルドレッドをベッドに運ぶこと。容易なことではなかった。彼女は長身かつ骨太な女性である。なかば引きずるようにしてじりじりと彼女を動かし、何度も立ち止まって呼吸を整えた。平屋であることが救いだった。ミルドレッドの寝室までたどりつくと、上半身をすこしずつ持ち上げてやっとベッドの上掛けにもたせかけ、足を持ってえいとばかりベッドに放り上げた。ドイルは溜息とともにベッドの端に座りこみ、何度か深く喘いだ。こんなことをするには、年を取りすぎているのだ。カラテ教室を始めていなかったら、とても無理だっただろう。毛布でミルドレッドの体を包むと、そろそろとリビングルームにもどった。

疲労困憊だったにもかかわらず、一晩中起きていようと決心していた。約束したのだから。ドイル夫人は約束を軽んじるたちではなかった。約束といえば、警備に来るはずの警官はどうしたのだろう？　眠気がさしてくると、立ちあがって部屋を歩き回り、片づけを始める。空っぽのソーダの缶を捨て、散らかった玩具を拾いあげる。占星術の雑誌をきちんと重ね、テレビの上の台座に飾られた水晶球の埃をはらった。カードテーブルまで来て、ミルドレッドが並べたカードに目をやった。開かれているのは、〝塔〟と書かれたカードが一枚だけだ。稲妻に打たれるレンガの塔の図柄が描かれている。ドイルは本棚に歩み寄った。棚はオカルトに関する本でいっぱいだった。《タロット》という題名の薄い本を引き出し、塔の絵のページを開いた。

〝塔は、予期せぬ隆盛と逆転の象徴である。運命の唐突な一撃がわれわれの人生に加えられることを表しており、これによってすべてがひっくり返る可能性がある……〟

彼女は本をもどし、タロットカードを集めて重ねた。テーブルに広げられていたスパイラルノートを閉じようとしたとき、今日の日付と走り書きの文字が目にとまった。

つぎはわたしだ。

奥の部屋で苦しんでいる女性にたいして、急に同情の気持ちがあふれてきた。

レターマン（エミー賞連続受賞のテレビ司会者）が番組開始のセリフを言い出すか出さないうちに、隣の犬が吠えだした。ドイルは窓とドアの戸締りを点検することにした。万全ではなかった。田舎町の住人は戸締りをなんとも思っていない。今日みたいな日でさえ。窓のひとつが開け放たれていた。バスルームの窓が。おかしい。さっきは気がつかなかったが。でもミルドレッドがヒステリックに叫ぶ最中のことだから、記憶があやふやだとしても無理はない。

真夜中にエミリーから電話があった。深夜にかけたことを詫びながら、ジュディスが帰ったかどうか知りたがっていると思って、という。（やれやれ、ミルドレッドの騒ぎでジュディスのことはすっかり忘れていた。）ジュディスはオーシャン・シティ発の最終バスに乗り遅れて、タクシーで帰ったのだという。すぐかけなくてごめんなさいと、エミリーは恐縮していた。

ある意味では高齢者は子供に似ている、とドイルは思った。

まもなく、今度はドアのベルが鳴った。「どなた？」彼女は大声で訊いた。

「シークレスト警察です」

ドアを細めに開けた。玄関の階段に制服姿の若者が立っていた。「遅くても来ないよりましだわ」ドイルはいった。

「もっと早く来ようと思ったんですが」彼は口を曲げて笑いながら謝った。「海岸で不良ティーンエイジャーたちに手間取ってしまって」

彼もティーンエイジャーにしか見えなかった。でも不良ではない。ドイル夫人は若者を中に入れた。

二人は明け方までピノクルをした。

どこからも邪魔の入らぬうちに、ドイル夫人はフェニモアに電話をかけた。彼はミルドレッドを療養所に入れて状態をみるよう、必要な手はずをととのえた。介護人がやってきたときもミルドレッドは意識もうろうとしていて、抵抗はしなかった。やさしく、てきぱきと、彼らは彼女をヴァンに収容した。彼女が運び去られると、パーキンス夫人に電話した。運よく彼女は手が空いていて、当分のあいだ子供の世話をしてもいいということ。ドイル夫人がようやくパンコースト館にもどれたのは十時すぎだった。彼女は這うようにベッドにもぐりこみ、深い眠りに落ちた。

ジュディスの優しい声に目が覚めると、ディナーができたという。今日はとくべつな料理が用意されていた。(このためのスパイス購入旅行だったにちがいない。)これほど恐怖や騒動や死に見舞われても、まだ食べられるというのはどうしてなのか、ドイルは不思議だった。きっと人間の生への本能は、非常に強いものなのだろう。

元気百倍で、ドイルはダイニングルームへ降りていった。

でも看護婦さんはいいました、「わたしがネズミとりのわなをしかけるわ」

——ベアトリクス・ポター作「2ひきのわるいねずみのおはなし」より

34

残念。

計画はくつがえされた。

予定の犠牲者が館までやってきて、わたしのささやかな展示品を見てしまったのは、予想外だった。あれはほかの人々のために準備したものだったのに。ミルドレッドは遊歩道の散歩（いや、むしろ——座りこみ、というほうがいい）のあと家に帰り、ディナーの前に、いつもするようにゆっくり時間をかけて入浴するものと思っていた。（何日もミルドレッドを観察したから、彼女の習慣にはくわしい。）

準備はすっかりととのっていた。バスルームの窓のロックははずしておいた。窓の下には深い茂みがあり、適当なときがくるまでそこに隠れていた。彼女はいつも四時半ごろに散歩（座りこみ）から帰る。わたしは四時十五分に窓からしのびこみ、クローゼットのタオルの棚の下に身をひそめた。棚の下は奥が深くてシンクの下の暗い戸棚に繋がっている。たとえだれかがタオルを取るためにクローゼットを開けたとしても、奥は真っ暗だから見つかる心配はまずない。もちろん、窮屈だった。でも、そこに三十分以上いることはない。どんなに長くても四十五分。待機するうちに、犠牲者が立派な本を手にして湯気のたつ泡の中に入ってくるはずだった。彼女の大好きな占星術の本だ。そこでそっとクローゼット（浴槽の真うしろに位置している）から出て、彼女の首をつかみ、悲鳴をあげられないよう一気に絞めつける。そのまま絞めつづけるうちに、彼女はぐったりして泡の中にすべりこみ——ずるずる、ずるずる落ちて——見えなくなる。わたしは窓から脱け出し、暗くなってだれにも見られない時間になるまで茂みの中で待つ。

でも、そうはならなかった。看護婦のせいで！

わたしは待って待って、待ちくたびれるまで待った——五時、五時半。五時四十分に電話が鳴った。ベビーシッターが出た。会話は聞き取れなかったが、たぶんミルドレッドが予定の変更を知らせてきたのだろう。いつまで待てばいいのだ？　わたしの首や背中や脚は、あまり長くもちそうもなかった。息ぐるしくもなっていた。棚の下の狭いスペースは密閉されている。（こんなに待たなければならないかわかっていたら、たぶん計画をあきらめただろう。）六時がきて、すぎていった。ミルドレッドが帰ってきたのは、正確にいうと六時三十七分。飛びこんできた、というべきだろう。異常な状態だった。彼女はバスルームに駆け込んだ。ベビーシッターがついてきて、なだめようとした。

戸の割れ目からのぞくと、彼女はメジャーを持っていた。浴槽の寸法を測っていた！それを封筒の裏に走り書きすると、また駆け出して行った。まもなく裏庭でノコギリを引く音がした。ノコギリの音は口汚く罵る言葉をまじえて長いあいだ続いた。ついに彼女がもどってくる足音が聞えた。何か重いものを引きずってくる様子だった。バスルームに入ると、彼女はその重いものを浴槽の上におろした。割れ目からのぞいた。大きなベニヤ板が浴槽を完全に覆っていた。

金槌の音がしはじめたときには、わたしはほんとうに頭がおかしくなるかと思った。ガンガンいう音がこだましてーーあの狭いタイル張りの空間で千倍にも響き渡ったのだ。突然、音がやんだ。カッとなって罵りながら、彼女はバスルームを出て行った。そのあとには、ベビーシッターが子供たちに食事をさせベッドにいれるらしい音が聞えた。一度、男の子が風呂に入ろうと水を張りにきた。ベビーシッターがひきもどし〝今夜はお風呂はやめておきましょうね〟とささやいた。子供たちが寝巻きに着かえると、さっさとトイレをすませて手を洗いベッドにはいりなさいと彼女はいった。母親にもおなじことをいってくれたらどんなによかったか。まもなく、玄関のベルが鳴った。シッターがミルドレッドに、ドイル夫人が今夜泊まるといってみえましたよ、というのが聞こえた。口汚い言葉を吐くのはわたしの番だった。

それから長いあいだ静寂が続いた。わたしはただただ、縮こまった筋肉の痛みとクローゼットの酸素不足に耐えるのみだった。あまりにもみじめな有様に、危険を冒して窓から外に出ようかと思った。その矢先、ドイル夫人がトイレを使いに入ってきた。彼女は手を洗ってからクローゼットの扉を開けてタオルに手をのばした。彼女の人差し指がわたしの鼻先をかすめた。これで、逃げようという欲望は完全に萎えてしまった。わたしは窒息の可能性はいうにおよばず、いつはてるとも知れない筋肉の拷問に身をゆだねたのだった。

九時五十五分になって、ミルドレッドがまたやってきて金槌を使いはじめた。それに続いてとんでもない大騒ぎが起こった！　ミルドレッドと看護婦と子供たちが、あのちいさなタイル張りの中でいっせいに叫びたてたのだ（赤ん坊まで部屋で泣いていた）。潜むのはやめて飛びだし、止めさせたかった。突然、静かになった。あの古ダヌキの看護婦がミルドレッドにうまく鎮静剤を注射したのだ。子供たちはもちろんまた騒ぎ出した。赤ん坊はずっと泣きっぱなしだった。だが看護婦は子供たちをバスルームから連れ出した。徐々に静かにもさせた。赤ん坊まで泣き止ませた。ありがたい。それから彼女はミルドレッドを寝室まで引きずっていった。これはさすがに気の毒だった。ミルドレッドは羽根のように軽いわけではないのだから。これで、自分の痛む骨と空気の欠乏以外に心配事はなくなった。

十一時になると、家は静まりかえった。全員が眠ったと思うのは当然だろう。テレビはまだついていた。だがテレビの前で寝てしまうことはよくあることだ。家から出なければならない。長く退屈で辛い夜のいつごろだったかに、ドイル夫人がまたトイレを使いに来て、出て行くときに電気を消していった。これがよかった。明かりのついたバスルームの窓から出て行くところを、近所の人に見られることはない。こわばって痛む筋肉では、すばやく飛び下りることはできなかった。不恰好に茂みに落ちて、近所の犬の神経を乱したらしく吠えられた。だが吠え声はすぐにやんだ。わたしが闇にまぎれ——だれにも見られずに家の敷地をあとにしたのは、たしか十一時半だったと思う。

帰宅する途中、いろいろ考えた。今夜かき乱されたのは犬の神経だけではない。入念にしこまれたわたしの計画がくつがえされたのは初めてのことだ。完全にくつがえされた、といわざるをえない。だがつぎの計画を立てよう。そして邪魔だてした人間につぐないをさせてやろう。

リストの一番目はドイル夫人だ。

35

フェニモアはよく眠れなかった。キャリーの夢とホレイショの夢とが交互にあらわれた。ひとつはキャリーがベトコンの兵士に引きずっていかれる夢。もうひとつはホレイショが巨大な自転車に乗ったティーンエイジャーの集団にやっつけられる夢。

彼は起きあがると、服を着て階下に降りた。サールがあとをついてきた。だが彼女は不機嫌だった。午前六時はいつもならまだ眠っている時間なのだ。彼はカップにお茶を入れて診療所まで運んだ。サールはつきまとって朝食をせがみもしなかった。彼の古びた肱掛椅子にまるまって、また寝てしまった。

八時近くなって、フェニモアは伸びとあくびを同時にして、それから部厚くて赤い『ハリスンの医学教科書』を閉じ、のろのろと台所にむかった。サールも伸びをし、あくびをして彼のあとに続いた。彼は紙コップでキティチャウを袋からすくい、金属の皿に入れた。固い粒が容器のまわりにぶつかって、機関銃のような音をたてた。自分のグレープナッツを陶器のボウルに入れると、同じような音がした。それからラジオをつけた。一緒にカリカリ嚙みながらニュースに耳をかたむけた。いや、ニュースのなさに、というべきだろうか。概して静かなひと月である。今月の事件はすべて国内戦線に集中している。

しかも彼は、それに対して何一つしていない！

流しめがけてボウルを投げつけた。ボウルは流しをかすって床に落ち、砕けた。サールが飛びあがった。用心深くそばまでいって、割れたかけらを調べている。フェニモアはさっと彼女を抱き上げ、足の裏を切らないうちに部屋から運び出した。

36

ジェニファーは、観光客で混み合うことのない海岸の一角に歩いていった。アンドルーからきたばかりの手紙を静かに読みたくて、このひとけのない場所を選んでおいたのだ。手紙を読みはじめたときは、日没と黄昏とのあいまの平和な時間をたのしみながら、完全にくつろいだ気分だった。流暢というには程遠いフランス語で書店主たちとわたりあうことに一日をついやした後だから、このくらいの休憩は当然だった。だが、読み進むにつれて、不安がつのってきた。パンコースト事件がうまくいっていないらしい。また殺人があったのだ。これで五人。ひどすぎる。だが彼女が気になったのは手紙の調子だった。この友人のこんなに落ちこんだ文体は初めてだった。彼は犯人がつきとめられないことを、完全に自分のせいだと考えている。手紙のどこをさがしても、ユーモアのかけらもなかった。

ジェニファーは読み終えると急いで手紙をたたみ、ビーチバッグに押しこんだ。タオルとサングラスを拾い上げ、サンダルに足を突っ込んだ。それから、慌てたイソシギのように小走りで砂浜を進んだ。

カモメがキューキューないた。フランスのカモメに詳しい人物がそばにいたら、〝これからどうするの《アンスート》？〟といっているのだと翻訳してくれたことだろう。

37

フェニモアが入っていくと、ラファティ刑事は顔をあげた。「天罰でもくらったような顔だな。どうかしたのか？　誤診でもしたか？」

「いや」フェニモアは椅子をつかんだ。「診断がつかない」

「そりゃあ、もっと悪いや。気の毒な患者に、セカンドオピニオンを聞きに行け、といってやれよ」

「それができない」

「どうして。医者はしょっちゅうやってることじゃないか。責任を分け合うのさ。チームワークだろう。グループ診療ってのは、そういうことだろう？」

「ぼくは一人で開業してるんだよ。それにぼくは患者がだれか知らないんだ」

ラファティは読みかけの報告書をわきにどけ、まじまじと友人の顔を見た。

「二人の老姉妹とドールハウスにまつわる殺人事件、憶えてるだろう？」

彼はうなずいた。「第一容疑者の何人かをおまえが甘やかしてた事件だな？」

フェニモアは顔をしかめた。

「あれは解決したのか」

フェニモアは首を振った。「今では州警察が介入している。指紋だ、DNAだと騒いでるよ。ぼくには、答えは研究室ではなくここにあるとしか思えないんだけどね」彼は額をたたいた。

「というと？」

「つまり——殺人者の心理だよ」フェニモアは友達の目をのぞきこんだ。「動機なき殺人、なんてものが存在するかね？」

ラファティは考えこんだ。「ときには——異常者にでくわすこともあるよな。面白がって人を殺すやつ。スリルを求めて、てのもある。あるいは……殺人の技を極めたいとか。いうなれば殺人のための殺人だ。しかしそれだって、一種の動機だからな」

フェニモアはうなずいた。「ド・クインシーは殺人美学について完璧なエッセイを書いている」

ラファティは両手のひらのあいだでペンを転がした。「そうだよ、フェニモア、そこまでつきつめれば動機なき殺人などありはしないんだ。異常者にだって理由はある——異次元に飛んだような理由かもしれないがね。何もなくて人は殺さない」

フェニモアは溜息をついた。

「おまえの殺人者には、まちがいなく動機があるよ。おまえがまだ発見していないだけだ」

「そうだろうね」フェニモアの声にはまるで力がなかった。「しかし、無意識の動機というのはどうだろう？　つまり、自分の動機について意識がない、という犯人がいるんじゃないか。たとえば、《白い恐怖》（ヒッチコック監督のサスペンス映画）のグレゴリー・ペック。彼の動機をさぐりあてるのに、バーグマンの役はおそろしいほどの試練をうける」

「でも、あいつは殺人犯じゃないぜ。自分でそう思いこむだけだ。いい古された俗説があの映画のテーマなんだ——正気のときに犯さないような犯罪は、薬やなにかの影響があっても決して犯さない、という」

「じゃあ、きみは同意しないんだな」フェニモアは訊いた。

「絶対しないね。現実では、しらふのとき夢にも思わないような犯罪を、大酒のみはさんざん犯してる。麻薬常用者だってそうだ。でたらめさ」彼はペンでメモ用紙をつついた。「すると、おまえは犯罪心理学の領分に足を突っ込んでるのか。うちの専門家の話を聞いてみるかい？」

「邪魔にはなるまい」

ラファティはデスクのブザーを押して、インターコムにいった。「ランダーズ博士はいるかな？」

「と思います」ときびきびした答えがかえってきた。

「ちょっとおれのオフィスまで来てもらってくれ」

「わかりました」

ランダース博士を待つあいだ、二人は野球のスコアを話し合った。フィリーズは早春の快進撃を続けているのだ。ラファティは高揚した気分だった。フェニモアはシーズン後半の低迷を予言した。

「ご用ですか」きりりとした紺色のスーツ姿の、長身でブロンドの女性が戸口に立っていた。

「ランダース博士、どうぞ。こちらは友人のドクター・フェニモア」

「あの有名な探偵の?」

フェニモアは咳き込んだ。「非公式のです」

「むずかしい事件をたくさん解決してらっしゃるでしょう――非公式に」彼女は微笑んで、温かく彼の手を握った。

「現在、彼は手に負えない事件をかかえてててね」ラファティは意地悪くいった。（友人にたいするランダース博士の開けっぴろげな賞賛がちょっと癪にさわっていた。）「きみに質問があるそうだ。動機なき殺人というものが存在するかどうか？　少なくとも意識的な動機はない、という場合が？」

彼女は顔をしかめた。「ええ、ありますね。動機はまったく意識にない場合がありえます。たとえば多重人格症を病んでいる場合、ある一人の人格があらわれているとき犯した罪は、べつの人格があらわれたとき記憶もなければ動機もないわけです」彼女は、フェニモアがあわてて引いた椅子に腰をおろした。たとえどんなに解放された女性であっても、フェニモアの古めかしい礼儀作法にはけっして反対しないという現場を、ラファティは目撃することになった(これが初めてではなかったが)。

「つい最近も、そういう事件にぶつかりました」心理学者は続けた。「れっきとした実業家が妻を殺したんです。彼には第二の人格が——常習的犯罪者としての人格がありました。ある日彼は妻を密告者と勘違いして射殺してしまったんです。正気に返ると、というか、実業家としての我に返ったとき、妻が死んでいるのを見て恐怖に襲われました。殺した記憶がまったくなかったんです。ですからもちろん、彼には妻を殺す動機はありませんでした」

「すばらしい」フェニモアはつぶやいた。「そういった殺人の場合、計画性を伴うことがありうるでしょうか?」

「いえ、いいえ。彼らの殺人はつねに無計画で衝動的です。それに——犯行の後でそれを隠す意図がない、それがふつうです。犯人は自分がやったことのショックやトラウマ状態にあるわけですから」

「なるほど」残念ながらこの説明は、それぞれの犯行の前に一分の狂いもなくドールハウスで犯行現場を準備する犯人には、まったくあてはまらない。

「わたしの部屋に、この手の事例を書いた本があります。よかったらお貸ししましょうか」ランダース博士が申し出た。

「ありがたいです」

「ランチでも食べながら、もう少しお話ししてもいいわ」彼女は先にたってドアを出ながら付け加えた。

彼がドアを出かかったところで、ラファティが止めた。

「無料で医学的助言をしよう、ドク。遅いランチは体によくない。おまえに必要なのはゆっくり昼寝することだ」彼はウィンクした。「一人でだぞ」

幸せな夫であるラファティは、独身者のフェニモアが豊かで変化に富んだ性生活を営んでいるものと思い違いしていた。これほど真実から遠い誤解もあるまい。だがフェニモアは友人を正しい道に導くつもりはなかった。「ありがたい助言だ」彼はいった。「請求書を送れよ」

ラファティは、早く行けとばかり、手を振った。

フェニモアはラファティの最初の助言は受けいれた。ランチはやめ。ラファティに敬意をはらったわけではなく、事件の解決にむけて進みたかったし、ランダース博士が話してくれた犯罪のタイプとは接点がないと思ったからだった。彼は今や、パンコースト家の殺人はたった一つの人格——一個の悪魔的人格——によるもので、はっきりした動機があると確信していた。それが見つかるかどうかは彼しだい。動機をつきとめたとき初めて、殺人者を名指すことができるだろう。

儀礼上、ランダース博士から借りた本の事件経過をいくつか読んだ。だがすぐにそれをわきに置いて、メモ帖に走り書きを始めた。まずは名前。

エミリー
ジュディス
ミルドレッド
スザンヌ

間をあけて、気がすすまぬままに

フランク
キャリー

名前の横に〝動機〟と書き、それぞれの人物の格好に似せて疑問符（?）を描いた。エミリーのはほっそりとしなやかに、ジュディスのはずんぐりむっくりに、スザンヌのはオーソドックスなスーツ姿に、フランクのは筋肉隆々で強そうに、ミルドレッドのは派手でけばけばしく、キャリーのはぴちぴちと元気よく。

それから、ラファティの二番目の助言にしたがってソファで眠りについた。

ハッとして目が覚めると、胸がどきどきしていた。鎌の形の巨大なクエッションマークに囲まれている夢を見たのだ——鎌の刃からは血が滴っていた。それらがじわじわと彼につめよってきていた。

この夢の解読をランダーズ博士にたのむ必要はなかった。

38

五月

ジェニファーはスカートをなでおろし、カットしたばかりの髪をかきあげ、それからベルを押した。何カ月ぶりだが、彼は彼女が来るとは思っていないだろう。もう一度ベルを押そうとしたとき、ドアが開いた。

「よう！」ホレイショだった。

「よう」彼女は力なく応じた。

「入って、入って」彼は一歩さがって彼女を通した。「だれもいないけどね」彼女に続いて待合室に入った。「ドイルは海岸、ドクは駆けまわってる。ヨーロッパはどうなってる？」

「まだあるわよ」

「フランス人に会ったのかい？」

ジェニファーは、稀覯本を手に入れたいばかりにワインや食事をつきあった、話のくどいご老体の書店主たちのことを思い出した。「何人かはね」

「すげえ」

サールが窓敷居の定位置で顔を上げた。

「こんにちは、サール」ジェニファーは手を振った。

猫は顔をそむけ、窓の外に目をやった。

「こいつ、気むずかしやなんだ、年だしね」ホレイショは詫びをいってサールの頭をなでた。それからソファに体を投げだした。「帰ってくるの、早かったじゃん」

ジェニファーは背もたれの真っ直ぐな椅子にやや体をかたくして座った。「ちょっぴりね」

「なにか飲む？」彼は急にホストとしての立場を思い出した。

「喉がカラカラ。コーク、あるかな？」

「見てくる」彼は台所に消えた。製氷皿の氷を割る音がする。ジェニファーは台所に入った。

「接待してくれなくていいのよ」彼女は戸棚からコップをとり、氷の塊を受け取ろうと差し出した。彼が製氷皿をもどすとき、冷凍庫の中身をちらっと盗み見た。ステーキ肉とフレンチフライひと箱。下の冷蔵庫の部分にはコークの缶にはさまれて安ワインの瓶が入っていた。（フェニモアの好みは単純だ。）

二人は飲み物をもって待合室にもどった。ホレイショは缶から飲んでいる。「クラップシュゼットとかいうやつ、食った？」彼はソファに長々とのびた。

「パリでは馬の肉を食べたわよ」

ホレイショはかわいげのないゲェッという音をたてた。

「それがじつはすごくおいしいのよ。看板が出てなかったら、牛肉と区別ができなかった」

「看板？」

「フランスのレストランではね、馬の肉を出すときは表に馬の頭の看板を出さなきゃならないの。馬はたいてい、金色かブロンズ色に塗ってあるのよ」

ホレイショは頭を振った。「よく食えるよ、そんなもん」彼の馬との接点といえば、フィラデルフィアの警官が乗っているの（敬意をはらってある程度距離をおいてながめた）と、馬車に観光客をいっぱい乗せて独立記念堂のまわりを歩いている憐れな駄馬とにかぎられていた。

「雌牛もいいけどね」彼女はいった。

「雌牛なんて見たことねえや」

ジェニファーはハッと気がついた。ホレイショの世界がいかにかぎられているかに。

たぶん一度も農場に行ったことがないのだ。海だって一度も見たことがないだろう。

「でも象は見たぜ。一度父さんが動物園に連れて行ってくれたことがある」

「象は食べてみなかったなあ」ジェニファーは素知らぬ顔でいった。「でもイタリアの町でね、ちいさなレストランでラビオリを食べたの。おいしかったんだけど、店を出るとき調理場のドアの前を通ったのよ。ドアが開けっぱなしになっていて、壁のフックに皮を剝がれた動物がぶら下がってるのが見えたの。何だと思う？　挽肉になるのを待ってる三匹の猫！」

サールが顔を洗う手を止めて、ジェニファーをにらんだ。

ホレイショは大笑いした。「あいつ、聞いてたんだ」

ジェニファーはほかの物音を聞きつけた。キーをさしこむ音。彼女はすっと背筋をのばした。

「ドクだよ」ホレイショはいう必要もないことをいった。

フェニモアがホールに入る音に耳を傾け、待合室の三人はドアに目をむけて待ちうけた。医師はいつものように立ち止まって中をのぞき、声をかけるべき不意の患者がいないかどうかたしかめた。最初、ジェニファーの姿は目にはいらなかった。視野の右隅から外れていたのだ。

「だれがあらわれたと思う」ホレイショはジェニファーのほうへ頭をかしげた。

フェニモアは顔をむけた。

「ちょっと帰りを早めたの」彼女はいいわけでもするようにつぶやいた。「パパがベイクトビーンズとツナにうんざりしてSOSを送ってよこしたものだから」

「そう……」フェニモアは気持ちを立てなおし、心をこめていった。「そりゃあよかった。みんなで出かけてお祝いしようじゃないか」かき寄せるようにホレイショとサールにむかって手を振った。

だがジェニファーは彼をひと目見て、自信を取り戻した。彼女はホレイショに脅すような視線を投げた。

「悪いけどさあ」少年はのろのろと立ちあがった。「おれ、予定があるんだ」廊下を歩いて玄関に消えた。ドアがばたんと閉まるまで、二人は無言だった。

「なにがいい？　フレンチ？　イタリアン？」

「わかってるでしょ、コンチネンタルはもうイヤというほど食べてきたの。わたしが飢えているのは、アメリカ風のもの」

「チーズステーキ？」彼はにっこりした。

「それもぴったりこないなあ。ジューシーなステーキにフレンチフライ、それからワインなんか、どうかしら？」

フェニモアは考えこんだ。「だったら出かける必要はないね。みんなここにそろってるよ」

「すごい偶然」ジェニファーはポーカーフェイスをきめこんだ。

「しかし、ステーキは凍ってる」

「解凍するのにどのくらいかかる？」

「一時間くらいかな」

「ワインを始めていればいいわ」

「きみはじっとしてて」フェニモアは台所に消えた。彼がなみなみとワインを注いだグラスを二つ持ってもどったとき、ジェニファーはソファに移っていた。今日の彼女はとくべつきれいだと思った。地中海の浜辺から持ち帰った日焼けを、うっすらとまとっている。瞳も紺碧の地中海のかけらを映しているようだ。さらに、髪型が変わっていた。短くカットされて愛らしい頭の曲線がきわだっている。去年の雑誌が積み重なったテーブルにグラスを置くと、彼もソファに腰をおろした。衝動的に、彼は彼女のうなじに手を触れた。「新しい髪形？」

彼女がうなずいた。

「パリで？」

彼女はまたうなずいた。

「残念」

彼女は目をまるくした。

「またカットしてもらえない」

「いつパリにもどったっていいのよ」

「すぐには無理だ」

「ええ……」

サールはもうたくさんだと判断して窓敷居から飛び下り、ジェニファーを用心深く避けながら（ラビオリの話を忘れていなかったのだ）、そろそろとソファに近づいてきた。

フェニモアの隣のクッションに跳びのると、彼の太ももに頭をこすりつけた。

「おい！」フェニモアは片手をうしろにのばして彼女を追い払おうとした。

「気をつけて！」ジェニファーが注意した。「サールは妬いてるのよ」

フェニモアはジェニファーから手を離し、両手を前足の下にいれてサールを目の高さまで抱えあげた。「妬いてなんかいないよな？」

「ふぅ！」彼女は鼻息を荒くし身をくねらせた。

彼は熱いジャガイモをつかんだように、彼女を放りだした。

「ほらごらんなさい」ジェニファーはソファの背にもたれ、薄目をあけて両者を観察した。彼女自身が猫——傷つきやすい、青い目の猫——に見えた。

「体重はどのくらい？」彼は彼女の全身を見わたした。

「なんてことを訊くの」

「真面目な話さ」

「百十二ポンドくらい」

フェニモアは頭の中で、ジムにある同じ重量のウェイトと彼女をくらべてみた。ジェニファーの体重は、もちろんウェイトみたいにひと塊にはなっていない。彼はいきなり彼女を抱きあげると、階段にむかって歩き出した。

「なにをするの」

「腕力を試してる」

「体に悪いわ」

彼はむっとした顔になって階段の途中で立ち止まった。「年を取りすぎてるというのかい？」

「そんな、ちがうわよ」彼女はあわてていった。「でも、あなたは鍛えてないから」

彼の目がきらりと光った。

「アンドリュー？」彼女は彼の腕の中からじっと彼を見つめた。「往診に出てたんじゃないのね？」

急に恥ずかしくなった彼は、だまってうなずいた。

「いったいなぜ？」

「突然二人のフィットネス狂とオリンピック級の八十代軍団にとりかこまれたら、きみならどうする？」

「カラテ教室の人たち？」

彼はうなずいた。

「かわいそうなアンディ」彼女は手を上げて彼の頬をそっとたたいた。

「もういいよ」彼は残りの階段をのぼり、寝室まで彼女を運び、儀式とはほど遠いやりかたでベッドの上に放り出した。

「わたしがいないあいだ、あなたは何をやってたの？《風と共に去りぬ》でも読んでたの？」

彼は意地悪くニヤリとしてベッドに座った。「ぼくはクラーク・ゲイブルには似てないかもしれないけど……」彼女をつかまえて息がとまるほど抱きしめた。

ジェニファーは声を立てて笑った。

彼は唐突に身を引いた。「どうしたの？」

「なんでもない。ただ……あなたはすごく変わった」

彼は腕をのばし、上腕二頭筋をふくらませた。

「あらら」彼女はおそるおそるその力瘤に触った。

「気に入った？」

「そうねえ――」

「気に入らないんだ。きみはひよわなタイプのほうが好きなんだ」がっくりした表情になった。

彼女はまた笑った。「あなたはひよわじゃなかったわ。ただ、わたしが慣れないとね――」

「新たなぼくに？」

彼女はうなずいた。

「じゃあ、始めよう」彼女を引き寄せた。合わさった胸で、彼女の心臓がドキドキしているのが感じられた。しかも心拍数は人間の標準である七十二を越えている。小動物の百三十も越えている。百六十六――小鳥の心拍数だった。

39

二人はリビング兼ダイニングルームに移動していた。診療所と台所の中間にあるこの部屋は、心地よい気さくな空間で、あるものといえば古びたカウチ、すりきれた東洋風敷物、なんの変哲もないスタンドがいくつか、それに本棚くらいのものだ。暖炉には火を入れてある。五月なのに春の訪れが遅く、大気には冷たさが残っていた。二人はステーキを食べ終わっていた。汚れた皿と空のワイングラスが流しに置いてある。火格子の中で燃えさしが赤い光をはなっている。やきもちを妬いたことを忘れ、サールが炉辺で居眠りをしている。二人のコーヒーカップが半ば空になったころ、ジェニファーが訊いた。

「パンコースト事件はその後どうなったの？」

たとえ彼女が魔女となって火に水を浴びせ、彼のカップに胆汁を注ぎこんだとしても、これほどまでに彼の気分を壊すことはできなかっただろう。至福の何時間か、彼はシークレストもパンコースト一家も、霧のなかに潜む殺人者も、そして事件全体で彼が演じている情けない役割のことも、すっかり忘れていたのだ。思いがけないジェニファーの帰国が、それらを完全に彼の頭から消し去っていた。ところがそれが今、怒濤のごとくすさまじい音をたてて押し寄せてきた。

「その話はしたくない」

「アンドリュー！」

「お手上げなんだ。警察はドジなまぬけばかりだし。ドイルまで役に立たないし。ぼくはぼくでフィラデルフィアから離れられずに、次の殺人を知らせる電話をただ待つしかない有様だ」彼は室内を歩きまわりはじめていた。

「だれか仕事を代わってくれる人はいないの？」

「いない」彼は立ち止まり、彼女を見下ろした。「ぼくはまず医者だからね。探偵は趣味だ。興味本位で事件に関わる権利はない。専門家じゃないんだから。みんなぼくがいないほうがやりやすいだろう」

「じゃあ、〝ドジな〟警察に任せるしかないわけね。でも現場にドイルがいて、あなたも近くにいるんだから、チャンスは――」

彼はまた腰掛けて両手に顔を埋めた。

「残っているのは何人？」

彼は顔をあげた。「エミリー、ジュディス、ミルドレッド、スザンヌ」片手で数えた。

「それに子供たち？」

「ああ、なんという……」

ジェニファーは無言だった。それからすぐ、口を開いた。「ラファティは？」

「あいつが何？」

「手伝ってもらえないの？」

「州がちがうからね。あいつにできるのは、助言ぐらいだな」

「彼に話をした？」

「ああ」力のない声だった。

「そうしたら何て？」

「いつものとおりさ。よけいなことに首を突っ込むな。そうそう、それにあいつは。ぼくがパンコースト姉妹と親しすぎて、客観的になれないと思っている」

「そうなの？」

彼は顔をしかめた。「わからない」

二人は黙りこんだ。

唐突に彼がいった。「〝カラテ〟というのは日本語でどういう意味かわかる？」

「いいえ」

「〝なにも持たない手〟。護身術では、武器を持たない——つまり〝素手で〟ってことだけど。ぼくにとっては、この事件のぼくの役割をいいあらわしているみたいに思える。

飛び込んだはいいが――空手でもどってきた」彼は手のひらを上にむけて両手を差し出した。

彼女はその手を握った。

それからささやいた。「もう帰らないと。パパに、強盗にでも襲われたと思われちゃう」

フェニモアは彼女を放した。

ジェニファーは二階にあがり、フェニモアから借りていたテントみたいなTシャツを自分のブラウスとスカートに着替え、素足にサンダルをひっかけた。

彼女が降りていくと、フェニモアはホールで待っていた。「家まで送っていこう」

燃えるような夕映えの輝きは薄れたとはいえ、残光がわずかに空を染めていた。シティホールの大時計の黄色い文字盤、ブロードストリートの並木を飾るちいさな白色光、音楽院の前で瞬くガス灯、それらすべてがその残光に光を加えていた。彼女をアパートメントの玄関に残して立ち去るとき、彼はいつになく熱っぽく彼女を抱擁し、彼女の喉元にささやいたのだった。「帰ってきてくれてうれしいよ」

40

戦没将兵記念日の週末だった。シークレストの町は夏のシーズンにむけて正式にオープンした。旗で飾られたメインストリートは、のろのろ運転の車でぎゅう詰めだった。フェニモアはその中の一台にいた。

歩道はさまざまな肌露出度の人々であふれていた――タンクトップとジーンズの人、ホルターとショーツの人、水着にTシャツをひっかけた人、そして――水着だけの人。

そんな人々の一人だったら――休暇でここに来ているのだったら――どんなによかっただろう。泳ぐか肌を焼くか、食い物はホットドッグにするかチーズバーガーにするか、その決断より重大なことはなにもないのだから。だが彼は、五人の人間の殺害事件と一人の人間をそんな狂気に駆りたてた原因を調べるために、ここにいるのだ。これに関しては、だれを責めるわけにもいかない。探偵役を演じてくれと頼まれたわけではないのだから。それをいうなら、医者としてこれほど働きづめに働く必要だってない――保険《H》維持《M》機構《O》とグループ診療の時代なのだから。その気になれば、週末ごとに休みがとれる。

旅行。ゴルフ。それを禁止するものはいない。彼の選択しだいなのだ。彼がこれほどまで自由にこだわりさえしなければ。ギボン（十八世紀のイギリスの歴史家）の『ローマ帝国の衰退と滅亡』（フェニモアの軽い夏の読み物）の中の「野蛮人という無鉄砲な人種」のように、不幸にして彼もまた〝自由を切り取られた人生を軽蔑する〟人種である。だとすれば、文句をいうな、フェニモア。彼はアクセルを踏み、前の車にぶつかることなく三インチ前進した。

残念ながら彼はパンコースト家への近道を知らなかった。のろのろ経っていく時間のあいまに、車の両側を行く人の流れを観察した。日にさらされた肌は、まだ白さのほうが勝っている。だが週末まではほとんどが、ピンクから赤、深紅色までのさまざまな段階に焼かれているだろう。日焼け止めローション、ポップコーン、それに溶けたアスファルトの匂いが、不完全なエアコンシステムをとおして入りこんでくる（完全に動かなくなるまで修理しないのが彼の流儀だった）。潮の香りは魔法の絨毯のように、海岸で夏を過ごした子供のころへと彼をいざなってくれた。怠惰な一日一日が重なり合うようにして果てしなく続いたあのころ……おっと！　ぶつかりそうになったのは、あの若い娘だった。彼女は彼の車と前の車との間を、ちいさなブロンドの男の子たちを連れてすりぬけようとしたのだ。

フェニモアは窓を下げた。「キャリー！」

彼女のしかめっ面はたちまち驚きの笑顔に変わった。「先生なの？」窓へ近づいてきた。「こんなところで何をしてるんです？」

「パンコーストさんのところへ行こうと思ってね。大型連休だってことを忘れてたよ」彼は人ごみに肩をすくめた。

彼女はうしろのドアを開け、まず二人の弟を押しこんでから乗ってきた。「教えてあげる。あそこにわき道があるでしょ？」彼女は数ヤード先を指さした。

彼はうなずいた。

「あそこを右に曲がるの」

十分たってやっと、彼はその指示にしたがった。

「いいわ。今度は次の角を左……次は右……そうよ。それからもう一度左。さあ、まっすぐ前を見て」

目の前は丘で、その頂きにパンコースト館の裏側が長々と横たわっていた。

「へえ、嘘みたいだ」

「わたしたち、ここで降りるわ」彼女は弟たちをドアの外へ出した。

「きみにぶつかりそうになって、ほんとうによかった」フェニモアは心からそういった。

「ぶつかるどころか、もうちょっとで轢かれるとこよ」彼女は笑い声をたてた。

丘を上りながらバックミラーをのぞくと、いつまでも手を振っている彼らの姿が見えた。

彼はシークレストにやってきたほんとうの理由を、キャリーにはいわなかった。もちろん、第一の理由は捜査である。だが理由はもう一つあった。ドイルを看護兼付き添い役から解放してフィラデルフィアに帰すこと。エミリーの腰はよくなったし、心臓の〝発作〟もペースメーカーをセットしなおして以来すっかりなくなった。パンコースト家の殺人にこれ以上ライトをあてることは彼女には無理だろう。高齢者医療保険の役人が逮捕令状を手にしてやってこないうちに、ぜひとも彼女に診療所にもどってほしかったのである。

雑踏の村から脱出できてほっとした。さえぎるもののない海が視界に入る――公害とは無縁の潮風が鼻をくすぐる。裏口に車を寄せた。

ドイル夫人が出迎えた。「表からこられるとばかり思ってたわ」

彼はキャリーの近道のことを話した。「あの子にぶつからなかったら、今でもまだ缶詰のサーディンみたいに身動きとれなかっただろうよ」

伯母様たちは中で待っていた。彼女たちは彼を、長年の主治医かつ友人として温かく迎えた。彼女たちと同じ温かさでそれに答えられたらどんなによかっただろう。だが、彼は頭の中で、彼女たちに忌むべき疑問符をくっつけているのだ。

ランチのあいだに、彼は最近のできごとをすべて聞かされた。

いいニュース——スザンヌが見違えるほど元気になったこと。鎮静剤に頼らないと決心して以来、彼女は子供たちやミルドレッドの世話に心血を注いでいる。伯母様たちの館の一角で小規模なデイケアセンターも始めた。伯母様たちは使われていなかったスペースが役に立って大喜びだった。近所の子供たちも何人かやってくる。だがスザンヌが来てほしいと思う数にははるかにおよばない。残念なことにパーンコースト館には汚点がついてしまっている。今や〝死の館〟と呼ばれる——ひそひそ声でだが——ような場所へ、子供をやりたがらない親も多かったからだ。

悪いニュース——ミルドレッドには回復の兆しがないこと。彼女はほとんどいつもぶつぶつと風呂のことをいいつづけ、入浴を拒否している。彼女にシャワーを浴びさせるにも、看護婦と二人の介護人が必要だった。それも一週間に一度がやっとという有様。もっとたびたび入れようにも、それ以上人手をたのむ余裕はなかった。

エミリーはアフガン編みをやっている。

ジュディスは新しい料理に挑戦している。彼女の誕生日に料理の本をくれた人がいたのである。四月五日に彼女は八十歳の誕生日を静かに祝ったばかりだった。

「アジア料理をかたっぱしから作ってるのよ」とドイル夫人。

「わたしたち、中国語をしゃべらないのが不思議よね」とエミリー。

ジュディスは笑った。「忙しくしていられるもの。そうすれば考えずに……」

胸の詰まるような間。フェニモアはそれを埋めようと、〝紅傘軍団〟についてのエピソードを話し出した。ダンウディ夫人が卒業生のために赤い傘を注文したのに、できてきたのを見たら黒い傘だったのだ！

「そんな」事態の重大さを把握している唯一の人物であるドイル夫人は喘いだ。「それで、どうしました？」

フェニモアは微笑んだ。「武道にたけた上品な高齢のご婦人ができるたったひとつのことをやったんだ」彼は言葉を切って気をもたせた。「通信販売店に電話して啖呵を切ったのさ。さっさと注文どおりのものを持っといで、でないとそのお尻を青痣だらけにしてあげるよ、って」

ドイル夫人の呼吸がやや楽になった。「でも、〝青痣だらけにする〟なんて、いってほしくなかったわね。カラテの不思議の一つは――跡を残さないことなのよ」

「気にしない、気にしない」フェニモアがいった。「彼女がどういったにしても、翌朝早くに〈フェデラルエクスプレス〉で赤い傘が届いたんだから」

ランチがすむとフェニモアは席を立ち、最近の捜査情報を仕入れるために警察署へ急いだ。

女性陣はいつもより愉しげにジンラミーをやり、アイスティーを飲み、網戸つきの広広したポーチでうとうととして午後を過ごした（ジュディスとエミリーはドイル夫人との時間を一瞬も逃したくなかったので、昼寝をとりやめたのである）。だが彼女たちが必死に陽気に努めている会話も、差し迫ったドイル夫人との別離が話題に出ると急にしぼんでしまうのだった。

「あなたがいなくなったら、やっていけるかしら」エミリーが訊いた。

「寂しくてたまらなくなるわね」ジュディスがいった。

ドイル夫人は、かならずまた来ると力をこめて約束することで、暇乞いの影響をうすめようとした。

四時近くなると、ジュディスはまたべつのアジア料理を作るからといって立ち去った。

館にもどってきたフェニモアは失望にうちのめされていた。指紋やＤＮＡに関する専門家の鑑定はすべて失敗に終わったことを知らされたのである。犯人は最新の科学技術による捜査もうまくすりぬけていた。フェニモアの予感どおり、この事件の解決策は実験室にではなく、べつの場所にあるにちがいない。

ジュディスの料理を誉めるのに苦労はいらなかった。すばらしいできだった。フェニモアはどの料理もお代わりした――二杯の日本酒（彼にたいする高い評価の印として、厳しい禁酒令を敷く伯母様たちが供したもの）もふくめて。

ディナーのあと、女性たちが片づけにかかり（フェニモアは手伝いを申し出たが、彼女たちに台所から追い出された）、そのあいだに彼は散歩することにした。しばらくパンコースト事件から離れたら、新しい考えが閃くかもしれない。あまり思いつめると目の前の解決の道も見逃しかねない、と自分に言い聞かせた。すこしリラックスすれば、かえってうまくいくかもしれない。彼は、ポーチの屋根からカーテンのように下がっている巨大な星条旗の下をくぐり、町にむかってぶらぶらと丘をくだって行った。

夕闇が迫っていた。冬の夜は数えるほどしか灯りが見えなかったシークレストの村も、いまは煌煌として——まるで高性能電池で充電されたかのようだ。通りも遊歩道も、店のウィンドウやレストランや映画館の照明で眩いばかり。移動カーニバルが開かれている町外れでは、観覧車の輪を飾る色とりどりの豆電球が夜空に回っている。フェニモアが足を止めると、回転木馬のかすかな鈴の音が聞こえた。日本酒も彼の体内に明かりをともしていた。明日の朝まで捜査は延期だ、そう心に決めて彼はインに足をむけた。

犯人がわかったら、カッコのなかに書きいれてください。

わるい（　　　　　　　　）のおはなし

41

　フランクは飲み物を作りながら、行方不明になっていた兄弟のようにフェニモアを迎えた。医師は気心の知れた村人たちにかこまれて、すぐにくつろいだ気分になれた。パメラが殺されたあとで、彼が最初にここを訪れた日から、彼らは彼を受けいれてくれた。観光客はインにはあまりやってこない。遊歩道から遠すぎるせいだ。かつてここは、馬車の通行料を取りたてた停車場でもあり、あらゆる社会活動の中心地でもあった。今ではインは常道からはずれ、もっぱら地元の商売にたよっている。

　日本酒の匂いは村人にはきつすぎるのではと思い、フェニモアはスコッチを注文した。それをお代わりした。さらにグラスを重ねた。この数カ月ではじめて、彼は不思議なほど無頓着になれた。この週末はべつの医者が彼の代わりをしてくれている。今夜は車を運転して帰らなくていい。日曜日にはドイル夫人が一緒に帰ってくれて、めちゃくちゃになったオフィスを片づけてくれるだろう。それにジェニファーも帰ってきた。彼女に会いたかったこと、彼女の帰国が無性にうれしいことを、認めないわけにいかない。もちろん、まだパンコースト事件は未解決だ。だが数週間、殺人は起こっていない。犯人は〝中年の危機〟に直面して、生活を変えようと決めたのかもしれない。このブラックユーモアに我ながらおかしくなって笑い出し、スコッチをあおり、時間を忘れた。やがて彼はグラスを上げ、ベン・ジョンソン風にみんなに乾杯を誘った。「つかのまであれば、人生は完全無欠であるやもしれず……」

「そうだ！　そうだ！」仲間たちは賛同の声を発した。

しばらくして、彼は暗い丘をのぼりながら（というよりはふらつきながら）母親から教わった大好きなボヘミア民謡を口笛で吹きはじめた。翻訳するとこうなる。

お鼻を忘れちゃだめよ、
お首も忘れちゃだめ、
あんよの指もしっかりと、
洗ってちょうだい、ぼうや……

空のあのバラ色の輝きはなんだろう？　もう夜が明けてくるのだろうか？

お耳も忘れちゃだめよ、
汚れた耳したぼうやはね、
ママがいちばんイヤがるの、
ほったらかしの証拠だから。

彼は腕時計に目を凝らした。針も数字もぼんやりグリーンに光っている。何もかもが光っている。十二時だった。カボチャに変わる前に、帰ったほうがよさそうだ。真夜中だというのに、どうして夜明けなんだ？《真夜中の黎明》こんな題の詩があったっけ？ないとしたら、自分で書いてもいいな……

丘の中腹まで来たとき、彼は足を止めた。バラ色の輝きがゆらめいている。

黎明はゆらめかない。

彼は深く息を吸って酸素を補給した。潮の匂いにまじって、何かが燃えるときの刺激臭が鼻をついた。

42

インターン時代から、フェニモアは一瞬のうちに眠気やアルコールの影響を吹き飛ばす習慣を身につけていた。真夜中に急患の電話がかかっても、さっと受話器をとってきぱきと応対することができる。泥酔しているときに助けを求められたことも何度かあったが、たちまち正気をとりもどした。だから、丘のてっぺんにたどりついたときには、酩酊の形跡は内外ともにすっかり消えていた。

炎は館の右側に集中していた。二階の寝室から出ているのだ。遠くで消防車のサイレンが鳴っている。だれかが火に気がついて知らせたのだろう。玄関にむかって駆け出すと、飛び出してきたジュディスとぶつかりそうになった。裸足で長いナイトガウン姿の彼女は、セーターで頭をくるんでいた。彼はその腕をつかんだ。「ドイルとエミリーはどこ?」

彼女は館を振り返ると、燃える寝室からぶらさがったバルコニーを指さした。煙の中に二人の人影が見てとれた——恰幅のいい女性が細くて背の高い女性を腕に抱えている。

みるみるうちに、黄色い防水衣の消防隊員たちがホースを引っ張り、ハシゴをのばし、大声で叫び合いはじめた。その一人の腕をつかんで、フェニモアはバルコニーを指さした。すでにそれに気づいたべつの隊員が、そこへハシゴをかけようとしていた。あわてそっちへ駆け寄るまに、二人の隊員が下にネットを張った。消防隊員はドイルの腕からエミリーを抱き上げ、伝統的な〝消防隊員方式〟で肩に担いだ。そしてそのまま、ゆっくりと足元を確かめながらハシゴを降りてきた。おそるおそるドイル夫人が後に続いた。フェニモアが見守るうちに、バルコニーは館から外れ、火の粉を撒き散らしながら下の庭へと落下した。

間近の轟音に、フェニモアは顔をそむけた。背が低く頭の禿げあがった、黄色いコートの消防隊員がわきに立っていた。フェニモアを見上げたその顔が、炎に照らし出された。

ジュディス。

パメラの葬儀の夜の光景が、フェニモアの頭にひらめいた。明かりのついた寝室の窓。下ろされたブラインド。それを横切った禿げ頭のシルエット。それから闇。

ジュディスがさっき剝き出しの頭を隠すために巻いていたセーターは、肩にずり落ちていた。黄色のコートは、消防隊員が彼女に着せてくれたものだろう。

彼女はひきつった笑みをみせた。「もうちょっとでやれるところだったのに！」彼女は叫んだ。

フェニモアはがっちりと彼女の肘をつかみ、隊員の間をすりぬけ、表の芝生に縦横に走っているホースをまたいだ。彼女は逃げようとはしなかった。手近なパトカーまで行くと、彼女を助手席に乗せてドアを閉めた。それから車の反対側にまわりこんで運転席の警官にささやいた。「署まで連行して、拘留してください。くれぐれも用心して。彼女は危険です」

警官は、膝の上で手を組んで静かに隣に座っているジュディスを横目で見やった。そして怪訝な顔をフェニモアにむけてから、車を発進させた。

最初の犯人当てに失敗した方は、ぜひ、もう一度どうぞ。

わるい（　　　　　　）のおはなし

43

六月

ドイル夫人はたった一人でパンコースト館にいた。

彼女にもエミリーにも、火傷の被害はなかった。煙で多少のどや気管が荒れただけだ。ドイル夫人は翌朝には病院から解放された。だがエミリーは高齢と心臓病の病歴があるため、数日は入院して様子をみるべきだとフェニモア医師が主張したのである。ジュディスはもちろん、拘置されている。だが刑務所ではない。ショック状態で拘置所付属の診療所に入れられ、まだ尋問できる状態ではない。

火のまわりが速かったわりに、被害は最小限にくいとめられた。火事はエミリーの部屋のクローゼットの中で発生、そこからドイル夫人が寝ていた隣の寝室に燃え広がった。消防隊員の働きで、火はこのふた部屋で消しとめられた。廊下のむかいのジュディスの部屋は被害をうけなかった。

煙探知機が鳴りだしたとき、エミリーが大声をあげてジュディスとドイル夫人に知らせた。それから窓のバルコニーに出た――手っ取り早い逃げ道だった。煙に巻かれた彼女を、倒れる寸前に抱き上げたのがドイル夫人だった。ジュディスは主階段を降りて玄関から脱出していた。

かってエドガーの建築会社にいた人々が、この惨事を聞いて手伝いを申し出た。すぐに大工と電気工をさしむけようと約束してくれたのである。ドイル夫人はここに居残って職人たちにお茶やソフトドリンクを出したり、修理を監督したりすることにした。

彼女はたくさんあるゲストルームのべつの一つに、部屋を変えた。衣類を焼いたことと不快な刺激臭以外には、不都合はなにもなかった。ジュディスの普段着を借り、煙と水の強烈な残り香は無視し、家の片づけを口実に新しい証拠を探した。フェニモアは事件が解決したと満足しているかもしれないが、ドイル夫人は断じて満足などしていなかった。ジュディス・パンコーストが――殺人犯？　冗談じゃない。ドイル夫人は人間についての第六感には自信があった。キャリーにはいい看護婦になる素質がある、と瞬時に見ぬいたように、ジュディスはまれな人物であると判断していた――生来の善人であり、不人情なことなどこれっぱかりもできない性格なのだ――殺人なんてとんでもない！

ドイル夫人はこの数カ月ジュディスのそばで暮らして、彼女の姉への行き届いた世話や、家族全員にたいする心のこもった気遣いを、見守ってきた。結婚していればきっとすばらしい妻に、そして母になったことだろう。父親によってこの役割への道を断たれたとき、世をスネた引っ込みがちな人間になってもおかしくなかった。だが彼女は自分の豊かな愛情を、姉や弟や姪や甥や、彼らの子供たちにむけて惜しみなく注いだのである。

しかしながら、無実だと〝思う〟だけでは不充分なことは、ドイル夫人も百も承知だった。フェニモアや警察がまちがっていると説得するには、証拠が必要だ。しかも「もうちょっとでやれるところだったのに」というジュディスの困った自白を打ち消すだけの証拠が。簡単な仕事ではない。館に残ろうと申し出た第一の理由は、それだった。なにか証拠が存在するとすれば、それはここにあるはずだ。だが、火事以来二十四時間必死に探しているが、それらしいものは何一つ見つかっていなかった。

いっぽうフェニモアのほうは、パンコースト事件の解決に満足している様子だった。もちろん、犯人が古くからの患者で友人であるとわかったことに、気落ちしてはいた。だが専門家のラファティは、まさにこういう結果を警告していたのではなかったか？そしてもし彼がこんな石頭ではなく、警官の助言にもっと早く耳をかたむけていれば、事件はもっと前に解決し犠牲者の数を減らすことができたかもしれないのだ。心理学者ランダース博士からは、どんな犯人も動機なしにはけっして殺人を犯さない、と断言されていた。だが彼はその説を追い払った。大声ではっきり、「もうちょっとだったのに」と白状された以上、重箱の隅をつついている場合ではない。

ただ、引っかかることが一つある。ジュディスの禿げ頭だ。どうして見過ごしていたのだろう？　昔からの患者で、彼女の耳を検査したこともあるのに。どうして鬘だとわからなかったのか？　悔しかった。プロとしてのプライドの問題だ。

たぶんジュディスは、子供のころ重い猩紅熱にかかって毛髪を失ったのだろう。彼女がフェニモアの父の患者になる前のことだ。きっと意図的にそのことはカルテに記入されなかったのだ。知っていたのはエミリーだけ。二人だけの秘密だった。最初はかすかに灰色のまじった鬘、つぎに少しずつ灰色をふやし、最後に今の銀髪の鬘、というふうにジュディスは歳とともに鬘を変えていった。病院に見舞いにいったとき、このことをフェニモアはエミリーの口から聞かされたのだった。

お返しにフェニモアは、ジュディスが火事をまぬがれ生きていることを伝えた。だが、話したのはそこまで。妹に関するおそろしい事実を知らせる前に、彼女には体力を回復してもらわなければならない。エミリーから妹がどうして見舞いにこないのかと訊かれなかったので、フェニモアはほっとした。

ドイル夫人が買いに行ったのはたった三つの品物だった——牛乳とパンとジュース。にもかかわらず帰ったらくたくただった。スーパーマーケットは騒々しい観光客でいっぱいで、〝お急ぎ〟カウンターに並んでいたのに、レジ係が客のクレジットカードを確認するあいだ二十分以上も待たされたのだ。その客が買ったのはたった一つの品——なんとケチャップひと瓶。こんな客は、ケチャップ飲んで窒息すりゃあいい。

足がズキズキした。頭もズキズキした。買ったものを台所に運ぶと、椅子へ体を引きずっていった。職人たちが帰って、館には一人きり。ディナーの前にひと眠りすることにした。

寝室にはいって鏡に目をやった——めったにないことである。映った姿は、彼女の予想通りだった。目の下に隈ができ、口のまわりに疲労の皺ができている。正常な状態ならばそれなりに聞きわけのいい髪は、メドゥーサの髪さながら逆立っている——湿気を含んだ潮風のせいだ。櫛を探すうちに、ビューローに目が止まった。櫛の隣にちいさなものが並んで、不思議な静物画の題材をなしている。留め金のところで切られた洗濯ばさみの下半分。上の切り口の部分にはきっちりと赤い十字架が描かれている。そばに同じ赤のマニキュア液の瓶。そして瓶の隣にちいさな工具。彼女は身を屈めてそれを見つめた。ミニチュアの斧だった。

ドイル夫人はおそるおそる首をさすった。

火事から二日たっていた。フェニモアは夜遅くまで診療所をうろうろしながら、山のような書類をなんとか片づけようと頑張っていた。スパークスは仕事よりも〝ロペスさん〟に夢中で、どうしようもない。昨日の郵便物が開封されないまま彼のデスクに重なっている。べつの束はべつの日に届いたものだ。最初の山をやっつけようとしたとき、電話が鳴った。受話器をとった。

「先生かね……?」低い男の声——聞いたような声だ。

「そうです」

「ベンだよ——シークレストのヴァラエティストアのベン」

「ああ、ベンね。なんだい?」

「こんな電話してくるなんて、頭がおかしいんじゃないか、って思われそうだけど——」彼は口ごもった。「ちょっと前に男がやってきて、マニキュアをひと瓶買ってったんだよ。そのことだけなら、どうってことない。たぶん女房のだろう。だけど、そいつは知らないやつだった。シークレストの人間ならおれはみんな知ってるからね——観光客以外は。でも、そいつは観光客でもなかった。」

「続けて」

「やつは一言もしゃべらなかった。マニキュア液をカウンターに持ってきて、カネを払っただけ。黒メガネをかけ、制帽みたいなものをかぶってた」

「背は高かった？」

「ふつうだね。五フィート七か八。痩せてた。すごく痩せてたね」

「不審に思ったのはなぜだろう？」

「一つには身なりだな。まるで変装してるみたいでね。それに動作がへんに静かで、えらく慎重なんだ。店に入ってくると、まっすぐに化粧品のところへ行った。で、観光客じゃないとわかったのさ。観光客なら品物を探してあっちこっちうろうろするからねえ。うちは観光客めあての商売じゃないし」

「ほかには？」

「うん、やつはカウンターにやってきた。財布を開けた。そして念入りに金額きっちりのカネを数えた。税込みで一ドル九十一セント。小銭までべつに用意してたよ。おれが袋はいるかと訊いても、まだ口をきかない。ただ首を振っただけだ。まるで声を聞かれたくねえみたいだった。それから瓶をシャツのポケットにそっと入れて出て行った」

沈黙。

「なあ、頭がおかしいと思われるかもしれん、といったろう。だがお屋敷であれだけいろいろあったからには、どんな——」

「かけてくれてよかったよ、ベン。調べてみる。どうもありがとう」電話を切った。

「動作がへんに静かで、えらく慎重」衝動にかられている場合がこうだと、ランダース博士はいわなかったか？　彼らはけっして取り乱さない。つねにもの静かで用意周到。殺人を計画している最中も？　彼は博士の番号をダイアルした。ありがたいことに、彼女はいてくれた。疑問をぶつけた。

「ええ、そのとおり。このタイプは、殺人を計画しているとき特にもの静かで集中しています。なにか進展がありました？」

「まだです。でもじきに底がわれそうですよ」

「がんばって」彼女はいった。

電話を切ってまもなく、また電話が鳴った。

ドイルだ。「なにかやってくるわ……」

「何が……？」

パンコースト家の年代物のベルの、けたたましい音がフェニモアの耳にまで伝わってきた。「待って」彼女がいった。「すぐもどるから」

もつれた電話のコードをほぐそうとしていたら、遊びと勘違いしたサールがコードを手のひらでたたきはじめた。

「メーター調べの人だったわ」ドイルが息を切らしていった。それから妙にこわばった声でつけくわえた。「それが最初の男なの」

「どういうこと？」

電話は切れていた。

「いったい何をいおうとしたんだろう？」彼は声に出していった。

「どうかしました、先生？」

「ああ、ダンウディ夫人——」

「勝手に入らせていただきましたよ。今夜のクラス当番はわたしなのでね」（ホレイショはご婦人たちをよく仕込んでいる。）

「どうぞ、どうぞ」彼はうわの空でいった。

「電話はキャスリーンから？　立ち聞きする気はなかったんだけど」

「そう。玄関のベルで中断されて。もどってきた彼女は、メーターの検針だと。でもそのあとで——」フェニモアは眉を寄せた——「妙なことをいったんです。ひどく力をこめて〝それが最初の男なの〟と。どういう意味ですかねえ」

ダンウディ夫人は考えこんだが、すぐいった。「そうねえ、先生、わたしみたいに日曜学校の教師をしてる者には、〝最初の男〟といえばもうきまってる——アダムですわ」

ドイル夫人は受話器を置き、今しがた中にとおした男に顔をむけた。男は茶色い制帽を目深にかぶり、濃いサングラスをかけている。片手にはノートを、もう片手には重そうな懐中電灯を持っている。腰につけた工具ベルトから工具が下がっている——金槌、ドライバー、そして——斧。

「どうしてこんなに夜遅くやってきたの?」彼女は訊いた。(午後八時をまわっている。)

男は笑った。「最近は女性がみんな仕事をしますからね。こんな時間じゃないと、だれもつかまらないんですよ」彼はしわがれたひそひそ声でいい、喉を指さした。「喉頭炎でね」

すべてがもっともらしく聞えた。

「案内してもらえませんか? この仕事、始めたばかりなんで」

ドイル夫人は廊下のつきあたりを手で示した。「あそこから地下室に降りるの」一緒に行く様子はない。

「メーターの位置がわからないんですよ。教えてくれませんかね」

「悪いけど。わたしはここに泊めてもらってるだけなの。わたしもわからないわ」

「一緒に探したらどうかな」男は一歩近づいた。

ドイル夫人は後退った。「あなたが探して。見つからなかったら、声をかけてちょうだい」

「手伝ってもらえば早く見つかると思うんですが」男はもう一歩前に出て、重量級の懐中電灯を振り上げた。

44

パンコースト館に急行するようシークレスト警察に指示を与えたあと、フェニモアはラファティに電話した。この友人は即座に、医師が自由に使えるよう署のヘリコプターとパイロットを出動させることに賛成してくれた。カラテ教室の半数近いメンバーが集まっていたが、ホレイショの姿はなかった。ダンウディ夫人がクラスメイトたちに事情を説明すると、彼女たちはどうしても医師に同行すると言い張ったのである。たまたま近くをパトロールしていた警察のヴァンが、けたたましくサイレンを鳴らしながら彼女たちを警察本部ビルに運んだ。ダンウディ夫人がドイル夫人のメッセージを解読してから二十分もたたぬうちに、ヘリコプターは屋上からシークレストへと飛び立っていた。

こんな状況でなかったら、飛行はすばらしい経験だったことだろう。フィラデルフィアの夜景は——林立するガラス張りのビルディングがきらめき——息をのむほど美しいのだから。だがこの乗客たちは全員、ドイル夫人の安否が気がかりで煌く街など眼中になく、ウィリアム・ペン時代の暗い太古の森の上空を飛んでいるのと変わりはなかった。

二十分の飛行がはてしなく思えた。チェリー・ヒル付近に広がった郊外の輝きが、暗いトウモロコシ畑やダイズ畑に変わり、そしてついに——真っ黒な海のそばにシークレストの明かりが瞬いているのが見えた。ヘリコプターが降下を始めると、乗客から一斉に溜息がもれた。

フェニモアの指示に従い、ヘリコプターの騒音が侵入者を警戒させぬよう、パイロットはパンコースト館からほど近い野原に着陸した。

「そいつの不意を襲うことがいちばん大事なんですからね」フェニモアは、降りようとする女性たちに注意を与えた。

一人一人そっと降りて野原を横切り、しんとした館にむかった。明かりのついた窓がいくつかあった。まずダンウディ夫人が客間の窓に顔をくっつけた。彼女はフェニモアを手招きした。

彼らに背をむけてカードテーブルに座っているのは、ドイル夫人だった。どうやらソリテアをしているらしい。むかいの床で本棚にもたれて座っているのは若い男。オーブンに入れる直前の七面鳥のように、きっちり縛り上げられて目を閉じている。

フェニモアは窓ガラスをたたいて看護婦を脅かしたくなかったので、玄関にまわってベルを鳴らした。

応援の警官が来るのを予期していたドイル夫人は、すぐにドアを開けた。台所には警官が一人、署に犯人を連行するための補強要員を待っているところだった。ドイルは自分が付き添うと申し出たのだが、警官に不審な目をむけられてしまったのである。

「びっくりした?」フェニモアはにやにやした。「ちょっとジンラミーでもやろうかと思って、寄ったんだ」

看護婦はぽかんと口を開けたままだった。

「きみの弟子たちを連れてきたよ、ひょっとしたら助けが必要かと思って。でもきみは一人ですべてを制覇したらしいね」本棚のそばの〝荷物〟に顔をむけた。

「まあ、キャスリーン、あなた大丈夫なの?」ダンウディ夫人が大声をあげた。

「みんなすごく心配したのよ」ほかの八十何歳かがいった。

医師も弟子たちもこんなに自分を心配してくれているのを見て、ドイル夫人は胸にぐっときたらしい。目がうるんできた。だがすばやく平静をとりもどし詰問した。「いったいどうして、こんなに速くここへ来られたの?」

「小鳥が運んでくれたんだよ」フェニモアは彼女を窓際に連れて行き、巨大なトンボみたいに原っぱにとまっているブルーと銀色のヘリコプターを指した。

「まあ! ああいうのに一度乗ってみたかったのよ。面白かった?」

「でしょうね」ダンウディ夫人がいった。「あなたのことが死ぬほど心配じゃなかったら」

「ねえねえ、どうやったの、キャスリーン？」一般の女性たちが手の込んだケーキの飾りつけや複雑な刺繍の糸使いを賞賛するように、弟子たちはドイル夫人のカラテの技に舌をまいた。

ドイル夫人はにっこりした。「頸動脈にスパッと一撃。あいつはあれでわたしを殴りつけるつもりだったのよ」カードテーブルの上の懐中電灯を指さした。

「それにこの縛り方」一人の女性は犠牲者の手首に顔を近づけて、声をあげた。「こんな結び方をどこでならったの？」

「それ？」彼女は顔を赤らめた。「海軍のおかげかしら。ちょっとだけ従軍看護婦だったことがあってね。さあ、みなさん台所でお茶でも飲んでくださいな。あれは警察にまかせればいいわ」彼女はアダムにむかって蔑みの視線を投げた。

紅傘軍団のメンバーはいそいそと台所にむかった。その足音を聞きつけた台所の警官は、外で応援を待とうと決心して裏口から飛び出して行った。

フェニモアは客間に残った。きりりと縛りあげられた本箱のそばの〝荷物〟をながめながら、激しい後悔に襲われていた。どの面下げてジュディスに会いに行けるだろう？

45

フェニモアが拘置所付属の診療所の、みすぼらしい受付の部屋にジュディスを迎えに行くと、彼女は彼の衷心からの謝罪を一笑に付した。「わたしのことを異常な殺人鬼だと思ったのも無理はないわ、先生。丸坊主で――しかもあんなにヒステリックにニタニタしてるわたしは、さぞ恐ろしかったでしょうよ。でもあんまり動転してね――エミリーとドイルさんが炎と煙に包まれてバルコニーでよろめいてるのを見たんですもの――一瞬わたしは、ほんとに頭がおかしくなってたんだと思うわ」

「ジュディス――」フェニモアは真剣に彼女を見つめた。「一つだけ、教えてくれませんか。わたしに〝もうちょっとでやれるところだったのに〟といわなかったか、どうか」

ジュディスは額に皺を寄せた。「それはちがうわ、先生」眉根の皺がのびた。「聞き違えでしょう。わたしは〝もうちょっとでやられるところだった〟といったの、もちろん火事に、って意味よ」彼女は眉をつりあげた。「驚いたわねえ、たった一つ〝ら〟が入るか入らないかで、絞首台に送られたかもしれないなんて！」（ジュディスはまだ電気椅子にはなじみがなかった。）「わたしたちの命はみんな、細い縄一本でつながってるだけなのね、そうじゃない、先生？」

フェニモアは黙っていた。〝ら〟の字は、絞首台の縄の形に似ていなくもない。考えるだけで不愉快だった。フィラデルフィアに帰ったら、真っ先に評判のいい耳鼻科へ行って聴力検査を受けねばなるまい。

彼は寛大な友人の腕をとって外へ連れ出そうとしながら、かくも貧弱な設備の診療所に入れたことを、あらためて詫びずにはいられなかった。

「何をおっしゃるの」彼女は汚い小部屋を見まわしながら陽気にいった。「ここは養護老人ホームそっくりよ。ちょうどこういうところに、わたしの親友が何人か住んでるの」

46

その日の夕方、フェニモアは〈大鴉亭〉のボックス席でラファティとむかい合い、パンコースト事件の疑問点を詰めていた。食事はフェニモアのおごり——ヘリコプターを飛ばしてくれたことへのささやかな感謝の印である。

「動機は！」ラファティがぱっとナプキンを広げながら詰問した。

「動機ね。それが難問だったよ。だからぼくもいままでアダムを容疑者から外してしまってたんだ。しかし、今日の午後面会に行ったら、彼はすっかり白状した。カネさ——金銭欲は諸悪の根源だね。彼はとくべつな計画——という使命というか——に莫大なカネが必要だった」

「使命？」ラファティは眉を吊り上げた。

「自然科学専門の私立の学校群を国中に設立するという使命だ。入学時の学力も卒業時の学力も全国一を誇る学校。成績も頭脳もずば抜けていい学生だけが入学でき——卒業できる」

「続けて」ラファティは話に引き込まれた。

「アダムは、アメリカが科学の分野で後れをとりつつあることを心配していた。彼は科学教育に関する国際会議などによく出席していたから、ほかの国々ではもっと熱心に青少年の学問的なトレーニングが行なわれていることを知っていた。イギリスやドイツや日本などではね。彼はそれを是正したかった。つぎの世代にはこの国が偉大な帝国――ローマ帝国にも匹敵するような――そんな国になることを夢見ていたんだ。彼は、こんな二流の科学教育では――歴史の流れから見て、未来には――わが国の力や影響力が危うくなると考えていた」

「そう考えても、おかしくはない――」

「うん、しかしね――」フェニモアはマティニに口をつけた。「アダムは、生徒を甘やかし放題の――体育だけはべつだが――男子校で教えてたんだ。彼が自分の科目の水準をあげようとすると、学校当局からにらまれる――かわいいぼうやたちの頭を悩ませたり悪い点をつけたりすると、親から苦情が出るといってね。これじゃあストレスがたまろうってものじゃないか、自分にも生徒にも本能的に最高のものを求めてしまう熱心な教師にとっては」

「ふむ」

「アダムは、多くのアメリカの学校はこういう弊害に苦しんでいる、と考えた。そこで、厳しく学問をたたきこむ学校を国中に設立する計画を思いついた。しかし彼の計画を実行するにはカネが必要だ。莫大なカネが。彼は、妻の家族が大金持ちであることを知っていた。だが相当の年齢になるまでは、財産に手をつけることができない。それでは手遅れかもしれない。国を救うには手遅れになるかも。しかもそのときになっても、彼が手にできるのはほんの一握りだ。妻の財産のみということだからね。あとは妻の兄と姉にいってしまう。妻の取り分だけでは不充分だった。それに教師の立場では、それを何倍にも増やすなどという道もない。だが、もし全部手に入れたら——パンコースト家の財産全部を？　それだったらかなり可能性がある。モデル校をひとつ設立すれば、政府にはたらきかけて次々に学校設立のための補助金を要請できるかもしれない」

「そこでやつは、パンコースト家の相続人を一人ずつ消していったのか——」ラファティはマティニのグラスを置いた。「そのわれらがトンチキ野郎は、自分が殺されないことをどう説明するつもりだったのかね」

「だって、彼は殺されたんだよ。自分から疑惑をそらすために、自ら殺人の犠牲者になったんだ。彼はヨットの事故で溺死——一時的にだけど——したじゃないか」

「で、やつの生還は？　どう言い訳する気だったんだ？」

「記憶喪失さ。水も漏らさぬ計画を立ててたんだ。一年ほど目立たぬように潜伏する。このための準備を長い時間かけてやっていたようだ——食料や日用品を買い集め、町から離れた人気のない沼のボート小屋に貯蔵していた。折り畳み式ベッドや薪ストーブ、本も備えつけてあった。何カ国語もで書かれた最新の科学書が何百冊も——素粒子物理学、低温核融合、ブラックホール、その他もろもろについての理論。望遠鏡まで持ちこんでたよ。暇なときは天文学に凝ってたらしい」

「暇なとき？　殺人の合間、ってことか？」

「死からよみがえったときは」とフェニモアは先を続けた。「記憶喪失の患者だったと説明する予定だった——ヨットのブーム（帆のすそを張る円材）に頭をぶつけた後遺症だといってね」

「頭を打ったのにどうして溺れなかった？」

「夢中でヨットにしがみついているうちに岸に打ち上げられた。それから、自分が何者でどこから来たかも思い出せぬまま、ふらふら歩き出し……以来ずっとそうやって放浪していた。それが彼の物語のはずだった」

「《心の旅路　パート2》ってわけだな。そしてある日のこと、彼は突然目を覚まし、住んでいた場所や妻や二人の子供や、そして——この場合——あのいとしいカネのことを思い出しました、か！」

「そんなところだね」

「しかもやつはもうちょっとでそれをやり遂げるところだった」

「ドイルさえいなければ」

「ドイル?」

「彼女が彼の計画をぶち壊したんだ。アダムはミルドレッドを浴槽に沈めて殺そうとしていた。バスルームのクローゼットに潜んで、彼女を待っていたんだ。ところが彼女はいつまでたっても帰ってこなかった。なぜか? ドイルさんがミルドレッドをお茶に誘い、それからディナーにも誘ってパンコースト家に連れもどったからだ。そこでミルドレッドは、自分の殺人の予告現場を目撃してしまう――ドールハウスの浴槽に沈められた洗濯ばさみをね」

「洗濯ばさみ?」ラファティは両手を広げた。「なんのこった」

フェニモアは、パンコースト姉妹がドールハウスを埋めたこと、洗濯ばさみが犯人によって人形の代用品に使われたことを話して聞かせた。

ラファティは片手で髪をかきむしり、口笛を吹いた。恥ずかしながらフィラデルフィアの街にはこんなに面白い殺人犯はめったにあらわれない。

「ミルドレッドが地元の精神病院で一生終わることになれば、死亡とおなじくらいアダムの目的にかなうはずだ。だが彼の神経はかき乱された。このあと彼は、二カ月の休養をとっている。三月末から五月の終わりにかけては、殺人は一件も起こっていない。ぼくは彼があきらめたのかと思った」

「そこへあの火事が起こった」ラファティは二杯めのマティニを注文してから、先を続けた。

「そう。彼はジュディスやエミリーと一緒にぼくの看護婦まで片づけようとしたんだ。一つの火事で三羽の小鳥を。ドイルには、ミルドレッド殺しの計画をぶち壊された借りがあったからね」フェニモアはメニューに目を通して友人に渡した。「彼が前もって殺人現場を作っておかなかったのは、このときだけだ。作る必要がなかった。伯母様たちによってすでに作られていたからだ――彼女たちがドールハウスを燃やしたときにね」

「しかし前もって現場を作ることに、どういう意味があったのかね？　捕まる可能性が増すだけじゃないか」

「儀式さ。強迫観念にとらわれた儀式。彼は脅迫神経症的科学者だ。科学者は実地にやってみる前に、必ず研究室で実験をする。アダムはまずちょっとした演習をやってみないことには、だれかを殺すなんて考えられなかったんだろう。彼の捻じ曲がった頭の中では、人形はマウスやモルモットの代わりだった。人形が伯母様たちによって始末されてしまうと、洗濯ばさみを代用品にした。ボートハウスの彼の隠れ家から、洗濯ばさみがひとケース発見されたよ。シークレストから洗濯ばさみを追放しようというミルドレッドの試みは無駄だった。しかも、発見されたのはそれだけじゃない」フェニモアはポケットに手を入れ、ある物体を取り出してラファティの目の前に置いた。

「おもちゃのヨットか――」ラファティはちいさな舟を手に取った。高さ三インチ、長さ二インチもなく、彼の手のひらにちゃんと納まった。

「それは、アダムのヨットが行方不明になる前に、ドールハウスの馬車小屋から消えたやつさ。彼がそれを壊さなかったなんて意外だった。明らかな証拠になるはずだからね。でもふとこう思った――アダムは魔除け扱いしてたんじゃないか、って。幸運の御守りというかね。それがあるかぎり、自分も無事だ、みたいな。たぶんミルドレッド同様に彼も迷信深いんだろう。彼女にたいする彼の嫌悪感もそれで説明がつく。自分と同じ弱点を持つ相手を嫌う、ってことはよくあるからね」

「それに関しちゃ、ランダース博士と昼飯でも食いながらとくと話し合うことだな」ラファティはにやりとした。「おれが知りたいのは――なぜアダムは自分の妻の心配をしなかったか、だ。彼女が唯一のパンコースト家の生き残りになったら、財産のすべてを相続することになり、第一容疑者になるだろう？」

「そこはちゃんと考えてあったさ。とても頭のいい男だからね。彼は殺人を犯すたびに、スザンヌのアリバイを鉄壁にしておいた。パメラが毒を盛られたときは、スザンヌは客間で家族とジエスチュアごっこをやっていた。トムが一酸化炭素中毒死したときは、学校に子供たちを迎えに行っていた。マリーが頭を打ったときは、現場にはだれもいなかったのだからアリバイは必要ない。エドガーが銛で刺されたときは、スザンヌはドイル夫人をミルドレットの家まで車に乗せて行ったり、キュウリのサンドイッチを作る伯母様の手伝いをしたりしていた。夫殺害の件は、もちろん彼がまたあらわれたことで落着。そしてアダムがミルドレッドを溺死させようとした晩は、妻が町を離れていることが確実な晩だった。スザンヌは子供たちをオーシャン・シティの歯医者に連れて行っていた。予約はずっと以前に入れてあったので、彼は失踪する前からこの予定を頭に入れてたというわけだ。歯医者に行った後は、妻が必ず顔見知りばかりくるちいさなレストランで子供たちを喜ばせることも、彼はちゃんと知っていた」

「そうか、そうか」ラファティはお手上げ、という仕草をした。「わかったよ。やつは天才だ。しかし、どうしてなんの手掛かりも残さずに、あらかじめドールハウスに現場をこしらえられたんだろう？　おまえは、浴槽にはシミ一つなかったといったろう？ ヘラクレスの胸像だって、鉞だって、ちいさな斧だってそうだ」

フェニモアはポケットに手を突っ込んで、外科手術用の道具を取り出した。小型の鋏に似ているが一つ違いがある——先はしだいに細くなっているが、先端はピンセットのように平たい。

「なんだ、そいつは？」

「止血鉗子だよ。手術の細かい作業に使う。たとえば傷口の抜糸とか、見失ったスポンジをさぐるとか——」

「すると、スポンジなんかを見失うわけか？」

フェニモアはテーブルの小鉢に入ったピーナッツに手をのばし、止血鉗子を使って器用に一粒だけをそっと取り出した。

「便利なもんだ」ラファティは認めた。「なぜそいつを警官にも支給しないんだろう。ピッキングにも使えるだろう？」

フェニモアはニヤリとした。「場合によっては」

「しかしそれにしても、ドールハウスのまわりをうろうろすれば、人目につく危険を犯すことになるんじゃないかね」

「彼には利点があったのさ。あの館の裏も表も知り尽くしているという。なにしろ伯母様たちの便利屋をつとめてたんだから。配管から電気系統、大工仕事まで、なんでもやっていた。それにあの館は彼に有利だった。ヴィクトリア朝時代の建物の例にもれず、あそこには隠れ場所がいろいろあってね——クローゼット、戸棚、裏階段。それを一つ残らず熟知してたんだ、彼は。自分の工具を一階から二階に運ぶにも、昇降機《ダムウエイター》を使っていたくらいだから。彼の目的にはもってこいの建物さ。しかも、もちろん、伯母様たちのことは習慣から予定まですべてを知っていた。いつ買物に出かけるか、何時に昼寝をするか、などなど——」

「なるほど。いちばん重要な質問がまだ残ってるぞ。なぜやつはまたドイルを狙ったか？　ジュディスがちゃんとつかまってくれたのにだ、やつの罪を着せられて――これはおまえのおかげだが」

フェニモアは顔を赤らめた。

「なんだってやつは眠ってる犬を起こすようなマネをした？　エミリーはペースメーカーにまた細工すれば簡単に――」

この話もラファティに話してあった。ある晩アダムがそっとエミリーに鎮静剤を飲ませ、彼女が眠ったあとで寝室に忍び込み、フェニモアが残していったペースメーカーをセットし直したのである。フェニモアが親切に説明書も残しておいたので、科学者であるアダムがそれを読んで作動する心拍数の数値を下げるのは、簡単なことだった。だからエミリーが発作を起こして心拍数が下がったときに、そのときペースメーカーが代わりをつとめることができなかったのだ。

「アダムはエミリーの寿命がつきるのを待っていてもよかったじゃないか」ラファティはいった。「なんたってかなり高齢だからな。なぜわざわざ危険を犯してドイルを――相続人でもないのに？」

フェニモアは笑った。「きみは動機の専門家だろう。教えてくれよ」

ラファティはニヤリとした。「復讐か」

「あたり！　この件に彼女が首を突っ込むのが、腹立たしくてたまらなかった。きわめつけの一撃は、彼女が火事からエミリーを救出したこと。今日の午後、彼はそう話してくれたよ、あの静かな思慮深いしゃべり方でね。ドイルの名前が出ると、彼はデスクの上に四本の鉛筆を真四角に並べはじめた。それを何度も何度も繰り返した。ランダース博士によれば、これは脅迫神経症タイプの怒りの表現の一つだそうだ」

「五人の子供はどうする気だったんだろう？　みんな相続人だ。仔猫みたいに溺れさせるか？」

「子供たちは問題ないと思った、と彼はいってたね。子供の扱いは慣れている。いうとおりにしてくれるはずだ、と」

「へえー。おれの子供たちとはちがうらしいな。ところで、ドイルがやつを怪しいと思ったわけは？」

ウェイターがメモと鉛筆をもってまわりをうろうろしていたが、長いあいだの経験で〈大鴉亭〉の二人の常連はそっとしておくのがよさそうだと判断した。

「あの晩、彼がメーター調べを装ってやってきたとき、咽頭炎のふりをして声を変えようとしたらしい。ドイルさんは看護婦だからねえ。しかも一時は学校の保健室にいたこともある。仮病をつかって学校を抜け出そうとする子供たちは大勢診ている。彼女をごまかせた子は一人もいなかったそうだよ。アダムだって無理だろう」

47

フィラデルフィアにもどったドイル夫人は、用心しながら自分のデスクに近づいた。タイプライターの上に、上品なピンクの薄紙に包まれ白いサテンのリボンをかけられたちいさな包みがのっていたのだ。朝の八時に贈り物を受け取ることに、彼女は慣れていなかった。いや、じつをいえば、どんな時間にだって。医師フェニモアの姿はどこにも見当たらない。

爆発物でも扱うようにそっと包みをほどき、安全な距離をおいて中身をのぞいた。ちいさな白い宝石箱だ。おそるおそる蓋を開けた。ビロードの上にのっているのは繊細なブローチだった。傘の形をしていて、材質は金と――

「ガーネットだよ、ドイル」戸口にフェニモアが立っていた。「ルビーには手が出なくて」

彼女はブローチを手に取り、糊のきいた白衣の襟に留めた。

「きみになにかしなければと――」彼はもぞもぞといった。

「まあ、先生――」猛然たる勢いで、彼女は高齢者医療保険の書類の山に襲いかかった。

この感動的シーンの後に続いたシーンは、あまり感動的とはいえなかった。出勤してきたホレイショが、五分の差でヘリコプターに乗りそこなったことを知ったのである。

「しかし待てなかったんだよ」フェニモアは説明した。「緊急事態だったんだ」

「たった五分じゃないか！」

「きみが五分で来るかどうかわからなかったし、ドイルさんの命が危いと思ったんだ」

ホレイショは看護婦にむかってしかめ面をした。

看護婦は満足そうに微笑んだ。

48

「きっとぼくがまちがってるんだ」フェニモアがいった。

彼はジェニファーと、彼女のアパートメントにいて、楽しい一夜のしめくくりにワインの最後の一杯を味わっているところだった。ジェニファーがディナーを作り、彼女の父親と三人で本の話をしたあと、イングリッド・バーグマンとグレゴリー・ペックの《白い恐怖》を観た。フェニモアがこの映画をリクエストしたのは、ペックの行動をアダムのと比べてみたかったからだ。

ついさっき、ニコルスン氏は両腕に一冊ずつ——一冊はラテン語の、もう一冊はギリシャ語の——書物を抱えて退出したばかりだった。二人でそれを笑い、ワインを飲みながら心地よい沈黙にひたっているあいだの、フェニモアの発言だった。

「どういうこと?」ジェニファーが訊いた。

「ぼくの医者としての仕事のやりかたはまちがいかもしれない。単独で開業してることがね。一人の仕事ってやつが。チームを組むほうがいいんだ、きっと。そのほうが効率的かもしれない。もっと命を救える。大勢の人を健康にできる」

ジェニファーはグラスをおいて彼を見つめた。

「ぼくはジュディスのことをでもまちがいを犯した。仕事でも、誤りがあるかもしれない」

「だれだって、まちがうことはあるでしょ」

「しかし、なんというまちがいだ！　あの人は一生刑務所暮らしになったかもしれないんだよ」彼は彼女のグラスの横に自分のを置いた。「あの人は、家族をつぎつぎ失って、反論する気にもなれないほど参ってたんだ。ぼくはよくもあんなことが考えられたもんだと思うよ。彼女には動機がない。それはわかってたのに。ただ突っ走った。事件にうんざりして、吐き気がするほど嫌になって、とにかく終わりにしたかったから、責任を負わせられる人間が出たとたん、それに飛びついたんだ。しかもジュディスだなんて――こともあろうに！」彼は立ちあがって部屋を歩きまわり、独白を続けた。「もしぼくに相談する相棒か仲間がいれば、考えなおせといってくれたり、もっといい提案をしてくれたかもしれない。しかし、ぼくは完全に一人きりでやらなければならなかった。完全無欠のアンドリューはすべての答えを知ってる、ってわけだ」足を止めて彼女を見下ろした。「そしてぼくはまちがった。完全にまちがった」

「だからって、今度も、その次もまちがうとはいえないわ。正しいことも多いじゃない。

過去の記録を見てよ。それに、ラファティには相談したでしょ。そもそもあなたをまちがった路線に導いたのは彼よ。パンコースト姉妹のどちらかを疑うべきではないかとほのめかしたのは、彼だもの」

「その暗示にかかってしまったのか！」彼は歩くのをやめた。

「両面があるのよ」ジェニファーはつづけた。「仲間や相談相手はいいアドバイスもくれるけど、悪いアドバイスだってくれる」

彼は彼女の横に座った。

「たった一つの事件で、個人開業が意味ないなんて、急にそんな結論を下すことはないでしょ」

彼は彼女の手を取った。

「それにジュディスはあなたを赦してくれたんだし」

彼は彼女を抱き寄せた。

ほんとうに問題なのは、彼が自分を赦せるか、だった。

49

「《威風堂々》はどこ？」ドイル夫人があわてふためいて訊いた。

「そういう連中はメイン・ライン（フィラデルフィア西郊外の高級住宅地）だろう」フェニモアはいった。

「ちがうわ、テープのことよ。式に必要なの」

フェニモアはそばの埃をかぶったカセットテープのケースをかきまわし、探しあてた。

「これだね」と彼女に渡した。

彼女はべつの急用を果たすために飛び出していった。

カラテ教室の卒業式が一時から行なわれる予定だが、まだまだやることがたくさん残っている。パンチとクッキーは台所に用意してある。パンチボウルとひしゃくはジェニファーが持ってきていた。地下室はホレイショがきれいに掃除してくれた。黄色い野バラの巨大な花束が、湯沸し機を隠している。この花束はパンコースト姉妹からの贈り物で、暑い季節の長旅はエミリーにはきついと思うので残念ながら欠席、との返事があった。

　卒業証書は、地下室の片隅のカードテーブルに置かれたバスケットの中に収まっている。テーブルの前には、折り畳み椅子が全部で二十五脚、五列に並べてある。これ以上椅子がないので、来客やお祝いに来る人たちは壁際に立ってもらうしかない。

「傘はどこなんだよ？」ホレイショはむりやり式に参加させられて、神経をぴりぴりさせている。

「ここよ」頭上からくぐもった声が叫んだ。

「たのむから、ここへ下ろしてくれよ、ったく！」

　ずるずると引きずる音、どすんどすんとぶつかる音。

「待って」ホレイショが階段を駆けあがると、ドイル夫人が赤い傘のはいった重い段ボールを運ぼうとしていた。

　十二時四十五分には、奇跡的に卒業生と彼らの招いた客が全員集まっていた。ジェニファーまでが、観衆をふやすために父親を連れてきていた。フェニモアもご近所の何人かを招いた。とくに両隣の人々は、ぜひどうぞと奨める必要もなかった。この半年間のどすんばたんという音や雄たけびは何だったのか、知りたくてたまらなかったからである。

　ドイル夫人が挨拶の原稿を書き、ホレイショは脅迫されて証書と傘を手渡す役を承知した。「なにかいわなきゃなんないの？」彼は心配そうに訊いた。

「いやいや、いいんだ」フェニモアが即座にいった。

少年はほっとした顔になった。

カセットブレーヤーから《威風堂々》（エルガー作曲の行進曲）の最初のメロディーが流れると、カラテの道着――それに赤いレオタードに黒帯――を着けた女性たちが一人ずつ席についた。式の執行役としてのドイルはシンプルなブルーのスーツ姿だった。唯一の飾りは――傘の形をしたかわいらしいブローチ。彼女は咳払いした。「本日は、今年のカラテ教室の卒業生のみなさんにお集まりいただきました――」

盛大な拍手。

「――別名〝紅傘軍団〟――RUBのみなさんたちです」

さらに拍手。

彼女のスピーチが終わると、卒業生は証書を受け取るために並んだ。ドイル夫人が名前を読み上げると、彼女たちは一人ずつ壇に上がり、ホレイショが片手に証書をポンと乗せ、もう一方の手に傘をぐいと押しつける。最後の卒業生が席について拍手がなりやむと、ドイル夫人が発表した。「ご親切にこの施設を貸してくださったフェニモア先生に、わたしたちの感謝の印としてささやかな贈り物をしたいと思います」

全員が彼に目をむけた。彼は頰を紅潮させた。

「どうぞ、こちらへ、先生」

ひどくどぎまぎしながら、彼は前に出た。ドイル夫人は靴箱ほどの大きさの、美しくラッピングされた包みを彼に渡した。

フェニモアは「ありがとう」とつぶやくと、急いで壁際の自分の場所にもどった。

そのあと、お茶とお菓子のために一階にもどったとき、医師へのプレゼントを見ようとみんながまわりに集まってきた。包みを開けると出てきたのは――まさに――靴箱だった。彼は蓋を開けた。入っていたのは、最高級のブランド名のついたみごとなスニーカーだった。片方を取り上げると、みんなに見えるよう高々と持ちあげた。

「カッコいい」うしろのホレイショから声が上がった。

「参ったな」フェニモアはいった。「これじゃあ、フィットネスクラスをやめるわけにいかない！」

どっと笑いが上がった。

フェニモアがジェニファー父子とパンチを飲みクッキーをかじっているとき、ジェニファーがいった。「あなたの〝カミカゼ〟スニーカーはどういう運命をたどるのかしら」

「うん、緊急事態にそなえて手元に保管しておくよ」

「というと？」

「屋根が雨漏りしたとか、地下室に水がたまったときのために。こんなすばらしい芸術品をタールや水で汚したくないからね」彼は笑った。

ニコルスン氏が口をはさんだ。「きみが探していたあの十八世紀の医学書、見つからなくて悪かったね……」

「いや、いいんですよ」

「ジェニファーが必ず見つけてくるはずだったんだが」父親は続けた。「予定を切り上げて帰ったりしなければ。このこが一カ月も早く玄関にあらわれたときには、もう卒倒しそうだったよ、わたしは」

フェニモアはジェニファーを見つめた。

ジェニファーは手にしたパンチを見つめた。

訳者あとがき

アガサ賞の最優秀新人賞と、マリス・ドメスティック・コンテスト最優秀作品賞を獲得した前作、『フェニモア先生、墓を掘る』に続くシリーズ第二弾。

今回、『フェニモア先生、人形を診る』(*The Doctor Makes a Dollhouse Call*) で中年の独身医師フェニモアが挑むのは、海辺の避暑地シークレストで起きた不可解きわまりない事件である。

シークレストの小高い丘に立つパンコースト一家の館では、毎年、感謝祭のディナーに一族が集まるのがならわしだった。館に住む八十二歳のエミリーと七十九歳のジュディス姉妹が、客を迎える準備に追われていたとき、実物の館そっくりに飾りつけられた人形の家《ドールハウス》が一室だけ荒らされているのに気づく。しかも姪のパメラ人形が、その中でテーブルに突っ伏していた。パンコースト一家の一人一人に似せて作った、老姉妹自慢の人形だった。

部屋の乱れはネズミのいたずらだろうと考えられたが、やがて賑やかなディナーも終えて全員が帰り支度を始めたとき、姪のパメラがドールハウスにあったとおりの状況で、テーブルの皿に顔を伏せて死んでいるのが発見される。ドールハウスが荒らされたのは殺人の予告だったのだろうか？　人形に呪いをかけたり、釘を刺したり、という話は古くからいろいろあるが、それにしてもこの二十一世紀に？

そう、この館には大昔からの暮しがまだ息づいている。この土地にはじめて捕鯨船の拠点を築いた船長ケイレブを先祖にもつ老姉妹は、昔ながらの生活様式を大切にしてよく働き、感謝祭やクリスマスには手作りの料理と、みごとに飾りつけたドールハウスとで家族や村人たちをもてなすのがきまりだった。それを村のお年寄りや子供たちは何より愉しみにしていた。しかし……

父親の代からパンコースト姉妹の主治医であるフェニモアは、パメラの死に不審をいだいたエミリーの連絡をうけて捜査にのりだす。容姿に自信はないが頭脳は明晰、そう自負するフェニモアだが、この事件にはいっこうに解決の糸口が見つからない。大勢が集まっていた館で、一人が死体で発見される……まさに『そして誰もいなくなった』そっくりの状況。そして予想にたがわず、殺人はこれでは終わらない。犯人は家族の中にいるのか？　動機はなに？

フェニモアは緊急の患者をかかえていてなかなかフィラデルフィアを離れられず、パンコースト一家の見張りはドイル夫人にまかせて、晩秋が冬となり、やがて春から初夏へと季節が移り変わる。次々に迫りくる犯行を阻止できないフェニモアが頭を抱えているあいだ、読者のみなさんにも避暑地シークレストの雰囲気と昔なつかしいドールハウスの世界をゆっくり楽しみつつ、事件の謎解きに挑戦していただきたい。もちろん、前作につづいて、カラテの達人（？）であることが判明したドイル夫人、フェニモアの若い恋人ジェニファー、助手のホレイショ、猫のサールなど、おなじみの顔ぶれが温かな（いつもとかぎらないが）雰囲気をかもしだしている。

「ハードボイルドやいわゆるリアルなミステリが多い現代に、どうしてまだ、温かみのある心優しいミステリを書きつづけるのですか」ある雑誌のインタヴューに、作者ロビン・ハサウェイはこう答えている。

「《コージー》という言葉を使わないでくれて、うれしいわ。《温かみのある心優しい小説》という表現のほうが好きですね。とくにどういうタイプのミステリを、と思っているわけではありません。自分がいま書こうとしている小説には、こういうキャラクターが適切だと思っているだけ」《コージー・ミステリ》というレッテルを嫌うところに、彼女の作家としての自負が感じられる。ちなみに、フェニモアのキャラクターは、「葉巻をくゆらすところを除けば、完全に心臓医である夫ロバート・アラン・カイスマンのクローン」だという。

最後に、探偵としては《無能》の烙印を押されかねないフェニモアの名誉のために、医師としては有能であることを一言つけくわえたい。古ぼけた父譲りの診療所で前近代的医療をほどこしているように見えるが、肝腎なところはちゃんと押さえている。その一例として、ペースメーカーを埋めこんだエミリーに最新の装置を使っていることを指摘しておこう。この装置——トランスミッター——は、患者の心拍に異常がでた場合、すぐに電話回線で心電図をペースメーカー会社に送れる、というもの。会社はその心電図を主治医にファックスすればいい。このシステムは日本ではまだ普及していないという。この点でわが国の医療は、フェニモア先生の診療所に遅れをとっているのだ。

こうしたことも含めて医学関係の用語については、遅塚令二氏にいろいろご教授いただき、フェニモアから授業をうけるホレイショの気分を味わうことができた。この場を借りてお礼を申しあげたい。

ロビン・ハサウェイの三作目 *The Doctor and the Dead Man's Chest* は、フェニモアが昔海賊のものだった島を相続する宝捜しの物語。四作目 *The Doctor Dines In Prague* では母親の故郷プラハに飛んで活躍する。さらに、ハサウェイが女医を主人公とするべつの作品を書き始めた、とのニュースも入ってきている。創作意欲はますます盛んなようで、とうぶん彼女のユーモラスな作風を楽しめそうだ。

二〇〇二年四月十五日

パーネル・ホール

探偵になりたい
田村義進訳

何事にもひかえめな男が、探偵の真似事を始めたことからトラブルが！　シリーズ第一作

犯人にされたくない
田中一江訳

売春を強要されている人妻の救出作戦にのりだしたわたしに、何者かが殺人の濡れ衣を！

お人好しでもいい
田中一江訳

身辺調査に乗りだした夫婦はどちらも浮気をしていた。が、なぜか妻の方に尾行者が……

絞殺魔に会いたい
田中一江訳

わたしが行くところに次々と絞殺体が！　ひかえめ探偵が連続殺人の謎に果敢に挑戦する

依頼人がほしい
田中一江訳

妻の行動を探ってくれ。わたしに初の本物の依頼人が。が、その妻が死体で発見され……

訳者略歴　北海道大学文学部卒，英米文学翻訳家　訳書『真夏日の殺人』カールスン，『あるロビイストの死』ニール，『フェニモア先生、墓を掘る』ハサウェイ（以上早川書房刊）他多数

HM=Hayakawa Mystery
SF=Science Fiction
JA=Japanese Author
NV=Novel
NF=Nonfiction
FT=Fantasy

フェニモア先生《せんせい》、人形《にんぎょう》を診《み》る

〈HM㉔⑧-2〉

二〇〇二年五月二十日　印刷
二〇〇二年五月三十一日　発行

（定価はカバーに表示してあります）

著　者　ロビン・ハサウェイ
訳　者　坂《さか》口《ぐち》玲《れい》子《こ》
発行者　早川　浩
発行所　株式会社　早川書房

郵便番号　一〇一 - 〇〇四六
東京都千代田区神田多町二ノ二
電話　〇三 - 三二五二 - 三一一一（大代表）
振替　〇〇一六〇 - 三 - 四七七九九
http://www.hayakawa-online.co.jp

乱丁・落丁本は小社制作部宛お送り下さい。
送料小社負担にてお取りかえいたします。

印刷・信毎書籍印刷株式会社　製本・株式会社川島製本所
Printed and bound in Japan
ISBN4-15-172552-0 C0197